名家解读中外文学名著书系

主 编 傅璇琮 彭定安 刘继才

《围城》全新解读

李春林 编著

东北大学出版社

·沈 阳·

图书在版编目（CIP）数据

《围城》全新解读/李春林编著 . —沈阳：东北大学出版社，
2014.3（2025.1 重印）

（名家解读中外文学名著书系/傅璇琮，彭定安，刘继才主编）

ISBN 978-7-5517-0375-8

Ⅰ.①围…　Ⅱ.①李…　Ⅲ.①长篇小说—小说研究—中国—当代　Ⅳ.①I207.425

中国版本图书馆 CIP 数据核字（2013）第 161604 号

出　版　者：东北大学出版社
　　　　地址：沈阳市和平区文化路 3 号巷 11 号
　　　　邮编：110819
　　　　电话：024 – 83687331（市场部）　83680267（社务室）
　　　　传真：024 – 83680180（市场部）　83680265（社务室）
　　　　网址：http：//www.neupress.com
　　　　E-mail：neuph@neupress.com
印　刷　者：三河市万龙印装有限公司
发　行　者：东北大学出版社
幅面尺寸：160mm×230mm
印　　张：12.75
字　　数：154 千字
出版时间：2014 年 3 月第 1 版
印刷时间：2025 年 1 月第 3 次印刷
组稿编辑：郭爱民
责任编辑：米　戎　　　　　　　　　责任校对：文　浩
封面设计：刘江旸　　　　　　　　　责任出版：唐敏志

ISBN 978-7-5517-0375-8　　　　　　　定　　价：25.00 元

花季正宜读好书

——《名家解读中外文学名著书系》总序

　　读书是一件愉快的事儿，我们要高高兴兴地去读。东晋的陶渊明说："开卷有得，便欣然忘食。"（《与子俨等书》）南宋的胡仔在谈到读书时也说："盖其辞意典雅，读之者悦然。"（《苕溪渔隐丛话》）因此，林语堂先生把读书列为娱乐范畴。他说，读书是文明生活中人所共识的一种乐趣，极为无福消受这一乐趣的人所羡慕。他认为，读书不能首先树立一个什么崇高的目标，然后才硬着头皮去读，那样一切乐趣会完全失掉。但是在现实生活中，我们读书还是有正当需求的，这与乐趣并不矛盾。现在不少青少年似乎没有享受到读书的乐趣，他们往往把读书当成了苦差事。这当然有一个过程，读书是可由苦而乐的。

　　读书基本可以分成两大类：一类是生存阅读，一类是性情阅读。现在，生存阅读类的实用书很多，如应试、推销等的图书充斥书店。而不为功利或淡化功利色彩、属于性情阅读类的图书则较少。最近，教育部建议的中学生课外读物就基本属于性情阅读类图书。这些图书与应试教育的教辅读物大不相同。学生阅读这些名著不像读教辅读物那样仅仅为了应付考试，以求立竿见影地提高考试成绩；但是通过阅读大量中外文学名著，可以潜移默化地提高学生的语文素质和语文能力，并会陶冶情操，领悟做人的道理，对其一生的成长都具有重要意义。从这个意义上说，这些必读书与一般的性情阅读类图书又略有不同。它不是提倡青少年随意消遣式阅读，而是有选择、有目的地去阅读。开始时，虽然没有急功近利的目的，但读后却大有裨益。

要使读书真正成为一件乐事，就要选择自己喜欢的书去读。教育部建议的中学生课外读物，固然都是当读之书；但是选取的面还不够宽，某些书的内容也不免有些沉重。为此，我们遴选并编辑了这套《名家解读中外文学名著书系》，除了包括教育部建议的中学生课外阅读书目，又适当扩充，共30本。这样就为青少年选择自己喜欢的书，提供了更大的余地。青少年选择有趣的书去读，就会读出兴趣来。长期坚持下去，就会培养出自己的读书兴趣。兴趣渐浓，逐渐成"瘾"；一俟上"瘾"，即会变成自觉行动，不再当作苦差事。对此，鲁迅先生曾作妙喻，他说读书如打牌，"真打牌的人的目的并不在赢钱，而在有趣。……它妙在一张一张地摸起来，永远变化无穷。我想凡嗜好读书的，能够手不释卷的原因也就是这样。他在每一页每一页里，都得到深厚的趣味。自然，也可以扩大精神，增加智识的，但这些倒都不计及，一计及，便等于意在赢钱的赌徒了，这在赌徒之中也算下品。"（《鲁迅全集》第3卷第439页）

古今学者以愉悦为读书的基本标准，是一种诚实的态度。一本书，无论专家说它怎么好、如何重要，如果读后不能令我们愉悦，我们就不愿意读下去。不去读它，又怎能产生共鸣，获得知识和享受呢？特别是文学作品，其本身并无实用。只有读过，才能陶冶性情，使生活更加充实。因此，读书也是一种交流。书籍只有通过与读者交流，才能产生价值。

据调查，现在青少年离世界文学名著越来越远了。其原因主要有三：一是学业负担过重，出于功利目的，学生一般都拒绝与考试无关的阅读；二是现代文化多元化，学生往往选择电视、网络等轻松的方式作为课余的休闲；三是有些名著年代久远，因缺乏必要的解读，致使学生不易读懂。针对上述情况，我们在编写丛书时，要求作者至少做到"五化"，即将名著深层化、外展化、立体化、时代化和生活化。

——将名著深层化。要挖掘作品的深层含义，而不是简单地归纳作品的主题。本着形象大于思想的原则，从形象入手，分析作品的多重主题。既阐述作者的主观意图，又揭示作品的客观意义。

——将名著外展化。不要就作品论作品，而应适当地说开去。例如：有的名著，可写其创作的缘起故事；有的写读者的接受过程，或介绍某一名著对读者性格形成及其成长的影响等；有的可写不同读者对名著的不同感受，等等。

——将名著立体化。本"书系"对文学名著的展示不是平面的，而是立体的、全方位的。不仅从时间上横贯古今，而且在地域上沟通中外。为此，我们一是运用生动、形象的语言，给读者以形象感；二是着重对人物的个性分析，使人物形象化。

——将名著时代化。所谓时代化，主要指将名著作当代转化与深加工，挖掘其在今天的时代价值与历史意义。本"书系"要求既要说深说透，又要恰到好处，避免牵强附会地去寻找作品的所谓现实意义。

——将名著生活化。对名著的阐释要尽量贴近我们的生活，使读者感到名著就在身边，与我们的日常生活息息相关。例如：在评述作品的影响时，顺便指出从名著引出的成语和典故等；但是将名著生活化，并不等于将其庸俗化、琐碎化，而是要做到既有趣味，又有意义。

我们的愿望是好的，但要实现这些愿望并非易事。"暨乎成篇，半折心始"。因此，书中如有不当之处，恳请读者和同行专家不吝赐教，以便再版时改正。

勤学苦岁晚，读书趁年华。值此第 20 个"世界读书日"即将到来之际，我们祝愿中学生朋友在花季里，迎着朝阳，沐浴春风，愉快地读书，让自己的青春大放光彩！

《名家解读中外文学名著书系》编委会

2014 年 3 月

目　录

一、引言：学界泰斗　士林怪异 ……………………………… 1

（一）钟爱读书，性格孤傲
　　　——童年与少年时代 ………………………………… 3

（二）我行我素，"人中之龙"
　　　——青年时代的学习与创造 ………………………… 6

（三）欧洲之旅，内地之行
　　　——学在世界，教在僻壤 …………………………… 10

（四）"人·兽·鬼"间，"围城""谈艺"
　　　——40 年代困居上海时的生活 ……………………… 13

（五）潜心"管锥"，造就昆仑
　　　——辉煌的中晚年生活 ……………………………… 16

二、与妻比才　早有蕴蓄
　　——《围城》的写作背景 …………………………… 21

三、城外欲进　城内欲出
　　——《围城》的内容梗概 …………………………… 25

四、叩问精英　平庸丑恶
　　——《围城》的人物形象 …………………………… 29

（一）"多余之人"，坎坷多磨
　　　——方鸿渐 …………………………………………… 31

（二）风流倜傥，天良未泯
　　　——赵辛楣 …………………………………………… 34

（三）矜持自负，俗不可耐

　　　　——苏文纨 ……………………………………… 37

（四）柔顺之下，深藏心机

　　　　——孙柔嘉 ………………………………………… 39

（五）虚伪奸诈，庸俗淫邪

　　　　——李梅亭 ………………………………………… 42

五、社会展示　文化批判　　　　45
　　——《围城》的思想蕴涵

（一）文化昆仑，文化审视

　　　　——文化反思小说的高峰 ……………………… 47

（二）众说纷纭，多重含义

　　　　——《围城》的主题思想 ……………………… 51

（三）烈火毒焰，偏向传统

　　　　——《围城》的文化批判 ……………………… 64

六、现代喜剧　比喻精魂　　　　69
　　——《围城》的艺术特色

（一）道德讽刺，喜剧戏谑

　　　　——中国讽刺小说的奇峰突起 ………………… 71

（二）广涉入骨，五色斑斓

　　　　——《围城》讽刺艺术面面观 ……………………74

1. 讽刺对象的广阔性 ………………………………… 74

2. 讽刺力度的入骨性 ………………………………… 77

3. 讽刺技法的多样性 ………………………………… 80

　（1）以俏皮的语言进行讽刺 ……………………… 80

　（2）以夸张的手法进行讽刺 ……………………… 81

　（3）以渊博的学识进行讽刺 ……………………… 81

　（4）以用典进行讽刺 ……………………………… 82

　（5）以错置时空的手法进行讽刺 ………………… 83

（6）以重复手段进行讽刺 ……………………… 84

（7）将讽刺与其他艺术手段相结合 …………… 84

（三）精心营造，自然天成

——《围城》的幽默品格 84

1. 幽默超脱的人生态度与追求 ………………… 88

2. 深刻独到的幽默理论 ………………………… 89

3.《围城》幽默举隅 …………………………… 91

（1）机智而精辟的幽默 ………………………… 91

（2）语言的幽默 ………………………………… 92

（四）妙语连珠，美仑美奂

——《围城》的比喻世界 …………………… 99

1. 钱钟书的比喻理论 …………………………… 99

（1）比喻的"两柄" …………………………… 99

（2）比喻的"多边" …………………………… 102

2.《围城》的比喻艺术 ………………………… 104

（1）用广泛的比喻多侧面地表现社会人生世相

…………………………………………… 104

（2）富于创造性地运用比喻 ………………… 105

（3）《围城》的比喻手法 …………………… 107

（4）《围城》的比喻形式 …………………… 108

（5）《围城》中比喻与其他辞格的结合 …… 110

七、渊源西方　比翼东方

——中外文学比较世界中的《围城》 113

（一）流浪经历，串连小说

——《围城》与《弃儿汤姆·琼斯的历史》之比较 ……… 115

（二）人生荒凉，心理孤独

——《围城》与西方现代主义作家作品

…………………………………………… 120

（三）"精神胜利"，"围城"现象

    ——《阿Q正传》与《围城》 ………… 122

八、曲曲折折　终成丰碑
    ——关于《围城》的接受与传播   125

九、精彩片段解读   131

厚待漂亮女生的校长高松年 ………… 133

高松年言而无信 ………… 136

汪处厚巧设欢迎会 ………… 139

中国最出色的"演员" ………… 143

鸿渐迫教论理学 ………… 147

"有群众生活的地方全有政治" ………… 150

装腔作势的陆子潇 ………… 154

撒谎天才韩学愈 ………… 159

"男人跟男人在一起像一群刺猬" ………… 164

鸿渐上课受冷落 ………… 167

柔嘉上课遭遇恶作剧 ………… 171

国民政府推行"导师制" ………… 176

不动声色的战争 ………… 180

是是非非"导师制" ………… 183

鸿渐大胜韩学愈 ………… 187

一、引言：

学界泰斗　士林怪异

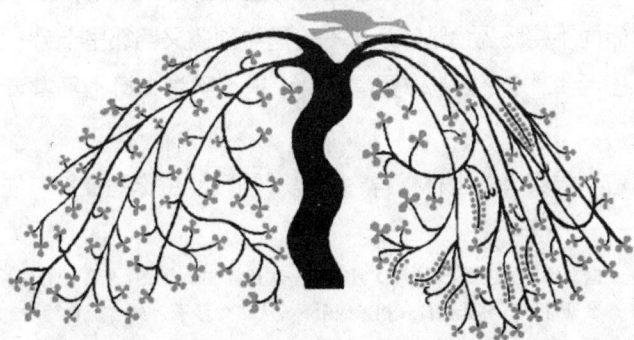

在当代中国，有一位学贯中西的文化大师。他长期浸润于中国古代文化之中，从先秦到近代，无不精通。他身为现代人，但却能用文言写作，或行云流水，或笔走龙蛇，即便置于古之某些名文中，亦不逊色。而他的《围城》等名著，又是极富个性色彩的白话文，可与鲁迅、老舍这样的现代语言大师"对话"。这是"中"这方面的情况。至于"外"，更是十分了得：他精通英、法、意、德、西班牙、拉丁等许多种语言，说得字正腔纯，连外国人都啧啧称赞。一次他在美国哈佛大学讲学，一位美国学者听了之后说：生平从未听过如此漂亮的英语，只有哈佛的一位语言学教授与其差堪比肩。他的著述纵贯古今，融汇中外，涉及数以万计的作家与作品。有人统计，其数量大约与中国主要古书总汇《四库全书总目》相接近。正因如此，他被称为"当代第一博学鸿儒"，又被称作"文化昆仑"。

然而，这位学界泰斗又常有一些怪异之举：他才高自诩，狂言傲世。自幼不愿褒奖他人，反而往往施之以挖苦与调侃，且对他的师长与前辈乃至生身父亲钱基博亦不放过，批评其父亲学问"还不完备"。他每每蔑视名人，从不拜访他们。其父命他拜访章士钊，他置之不理，还以此沾沾自喜。但他对自己做学问要求甚严，对于他人评价甚高的一些著作，总觉得不满意，甚至想一把火烧掉。他总是精益求精，不断地修改和完善自己的著述，并以"文改公"自居。可是如此一位旷世英才，却又笨得出奇：他不会给手表上弦，全靠女儿代劳①；每逢有人向他借钱，他总是按所借之数折半赠与，以为这总比如数出借而不得归还合适。这样一位鸿学硕儒又与邻里十分交恶，甚至大打出手②，尤令人难以置信。真个是不平常人行不平常事，可谓士林怪异。

这位学界泰斗、士林怪异，正是《围城》的作者钱钟书先生。

---

① 据文怀沙先生在 1984 年 5 月南宁一次比较文学会议上所作的介绍。
② 参见肖凤《林非被打真相》、杨绛《从"掺沙子"到"流亡"》二文，均载于《鲁迅研究月刊》1999.12。

（一）钟爱读书，性格孤傲
——童年与少年时代

无锡，是江南的一座名城。它位于太湖之滨，不独经济发达，而且风光旖旎，丘陵山水竞妍，自然人文融汇，有鼋头渚、蠡园、梅园等胜地，令人心向往之。地杰人灵，这里代有奇才，文化氤氲从古迄今。

辛亥革命前一年，即公元1910年11月21日（农历十月二十日），太湖的涛声中又融进一个男婴的响亮的啼哭：无锡著名的望族钱家添丁进口——长孙钱钟书呱呱坠地。

钱钟书的父亲钱基博，是近代著名的国学大师，著述颇丰，被称为"江南才子"。母亲姓王，系通俗小说家王西神之妹。父系母系均有着浓郁的文化底蕴，这对钱钟书后来成长为博学鸿儒大有裨益。

钱基博排行居三。长兄基成仅有一女，次兄基全早夭，四弟基厚与他系孪生兄弟。钱钟书祖父钱福炯（号祖耆）担心长子"无后"，便决定将钟书由大伯父基成抱养。于是，钟书成了钱家的长房长孙。

钱钟书出生之日，适逢有人送来一部《常州先哲遗书》，大伯父钱基成即取"仰望先哲"之意，为他取名"仰先"。中国旧俗，孩子出生一岁要"抓周"：父母在他周岁生日那天，为他沐浴，换上新衣，打扮一番。然后，用一个盘子，把弓矢纸笔（女孩则用刀尺针线）以及各色各样的珍宝、食品、玩物等置于孩子面前，

让他随意抓取，看他抓着什么，以此来对他的一生和前途进行预测。笃信诗礼的钱家自然亦不能免俗，届时让这个长孙"抓周"——他抓到的竟是一本书！这一下子阖家大悦，于是正式为他命名为"钟书"。

可是这位钟书幼时却不甚喜欢读书。这与大伯父对他的溺爱有关：整天只是带着他四处玩耍。父亲钱基博急在心里，于是建议长兄早点送钟书上学。钟书6岁时进入私办蒙学秦氏小学，但仍不用功。然而，他却极喜欢看小说，7岁以前既已读完了《西游记》《水浒传》《三国演义》等古典小说名著。他记忆力极好，能绘声绘色地将书中的内容讲给弟弟们听，甚至连书中人物所使用的兵器的重量都说得分毫不差。可是他却没有数学天赋，辨认阿拉伯数字都很困难。

同鲁迅一样，小时的钱钟书也喜爱美术。他常临摹《芥子园画谱》以及《唐诗三百首》中的插图。这种对美术的兴趣也几乎伴随了他的一生。

小钟书不独从事"文事"，亦练"武功"。大伯父就是他的"教师爷"，曾教他打"棉花拳"、练"软功"。晚年时盛怒之际，曾对邻里拳脚相向，不知是否此种"童年记忆"发生了作用。

同鲁迅一样，钱钟书小时也常到农村去住：伯母娘家（其实也算是钟书的外婆家）在江阴有两个大庄园。他在那里捉鱼、捕青蛙，沉浸于优美的自然风光中。与鲁迅不同的是，他只不过丰富了自身的生命内容，不若鲁迅那样加深了对下层民众的了解和对社会生活的认识。

由于是长房长孙，又有着大伯父的宠爱，在亲兄弟与堂兄弟们之间，他也就每每以"大哥大"自居，随意挖苦和嘲弄别人。这个"童年记忆"，可确实影响了他的一生。

1920 年秋，钱钟书进入无锡县立第二高小——东林小学——学习。但他对正规课堂学习仍无兴趣，而是沉湎于课外阅读中。因此，他的文章写得很好，甚得教师好评。

　　进入东林小学不久，伯父过世。他与伯父之间感情弥深，这使得他异常悲伤。由于父亲比较严肃、板正，甚至因他数学成绩甚差而对他进行体罚，因此他对父亲有些疏远与隔阂，以至于没钱买文具也不向父亲要钱。学习英文要用钢笔，他没钱买，干脆将竹筷削尖了头来代替。这也是他孤傲性格的一种体现。

（二）我行我素，"人中之龙"

——青年时代的学习与创造

1923 年，钱钟书考入美国圣公会办的桃坞中学。虽不用功，却在入学不久后举行的一次中文竞赛中获第七名——而这次竞赛是全校高、初中生平等参加与评选的。这样，钱钟书就使得校方与师长们对他刮目相看，尽管他的数、理、化成绩极差，却因中文、英文成绩特好而未受惩处。

使人讶异的是，他虽然英文成绩优异，却从不上英语课，也不看英语教科书，却大量阅读英文原版文学乃至哲学著作。这使得他的英文水平远远超出一般同学（包括高年级的同学），在全校学生中独占鳌头。"学而优则仕"，老师让他当了班长。不料这个"另类"在生活小事上也是"另类"：不辨东西南北，不分左右反正。右脚穿着左脚鞋，衣服前襟在后背。身为班长，上体育课时要喊口令"向左转""向右转"，但他自己却经常转错，惹得同学们大笑不止。两周之后，老师不得不将他免职。

1924 年，钱基博赴北京清华大学任教授，对钟书无法拘管。于是他更加遍读各种杂书，连《红玫瑰》《紫罗兰》等鸳鸯蝴蝶派杂志都不放过。翌年暑假，钱基博突然归家，令钟书作文一篇以示考核。结果因他长时间净看闲书，不务学业，此文写得甚差，气得父亲将他痛打一顿。这对他触动甚大，由此开始发愤勤学，并由遍览改为专攻，力求在国文与英文上作出成绩。

1927 年，桃坞中学停办，钟书又考入无锡辅仁中学学习。在

这里钟书仍大量阅读中外文书籍，作文尤有进步，不独往往一气呵成，且显成熟老到。这使得钱基博非常欣喜。钱穆亦是钱氏一族著名学者，与钱基博私交甚笃，故请基博为自己的专著《国学概论》作序。不料，基博先生竟让儿子钟书捉刀代笔。钟书迅速完稿。基博反复推敲，找不出一个可改之字，于是依钟书原样交给钱穆。钱穆本人与商务印书馆的编辑居然都未发现此序乃出自一个十七八岁的青年学子之手，照印于《国学概论》中——当然署的是钱基博的名字。

1929 年夏，钱钟书报考清华大学。国文与英文成绩均为特优（英文是满分），但数学却仅得 15 分。按清华惯例，数学成绩如此之低，不能录取。最后还是校长罗家伦认为钟书确系人才，拍板破格录取了他。不知钟书先生倘在今日，能否有此幸运？

钱钟书进入外文系学习。系主任是王文显，教授有吴宓、叶公超、温源宁等，都是一些大学问家，还有一些外国著名学者。但钱钟书仍着意于直接阅读原著，甚至上课时也大读课外书，他要"横扫清华图书馆"。他对馆中藏书亦不"爱护"，一遇喜欢的名篇佳句，又勾又划，并加上自己的评语。他的一位同学饶余威回忆说："清华藏书中的画线和评语大都是出自此君之手笔。"他成绩一直优异，然而主要的并非来自聆听师授，而是靠自己博览群书、刻苦自学。

在清华时，钱钟书还诗兴大发，写作并发表了不少旧体诗，如《无事聊短述》《得石遗先生书并示〈人日思家怀人诗〉敬简一首》等，均有很高的成就，深得当时的诗坛巨擘陈衍（号石遗）的赞赏。其实，早年石遗先生应钟书父亲之请，曾具体指导过他的旧诗创作。

当时极力称许钱钟书才华的还有他的业师吴宓先生。他的夸

赞更是了不得，称钱钟书为"人中之龙"，并认为自己亦"不过尔尔"。这下子钟书更加名声大噪，获得了"清华之龙"的美称。而他的同学万家宝（曹禺）被称作"虎"，颜毓蘅被称作"狗"，三人并列为清华外文系"三杰"。这是外文系。至于整个清华大学文学院，还有"三才子"之称，他们是钱钟书、夏鼐、吴晗。无论是"三杰"抑或"三才子"，居于首位的均为钱钟书。

诚然，钱钟书的名气与声望绝非是吹出来的，他确实有着过硬的真功夫。朱自清、冯友兰都是全国著名学者，钱钟书却能发现和纠正他们某些学术上的失误。五四文化革命的先锋之一周作人写了一本《中国新文学的源流》，将文学分为"载道"与"言志"两类。钱钟书依凭自己深厚的学养和过人的胆识，指出其中的谬误，使得周作人不得不服。此时（1932 年）钱钟书刚 22 岁；而周作人已四十有七，快到知天命之年了。

在校期间，钱钟书写了不少书评和散文小品。此外，还发表了一些英文作品。他的这些作品均不独思想深刻，而且文采华美。

钱钟书发表的中文文章多用"中书君"的笔名。这是从韩愈《毛颖传》中所借用：《毛颖传》中以笔拟人，称笔为"中书君"。而这又恰与钱钟书本名谐音。钱钟书另有一字"默存"，是父亲在其少年时所定：钟书年幼时既已放言无忌，父亲以此字告诫他沉默是金，存念于心。

就在钱钟书猛烈批评周作人那一年（1932 年）的春天，钱钟书与杨绛结识了。杨绛原名杨季康，杨绛乃是笔名。她与钟书同乡，1911 年生于无锡，小钟书一岁。其父杨荫杭早年是反清斗士，曾任民国京师高等检察厅厅长、江苏省高等审判厅厅长等职。其三姑母即是那位在担任北京女子师范大学校长期间镇压学生而被鲁迅批得体无完肤的杨荫榆。杨绛最初考入东吴大学（今苏州

大学）政治系。但她对政治并无兴趣，遂在读三年级时又考入清华大学研究院改读文学。冥冥中似乎有一种不可言说的力量，使这两个志同道合的人由同乡同学而最终成为同道的伴侣。这期间还有一件趣事：1933 年夏，钱钟书暑假回家，杨绛给钟书寄的情信竟然被钱父擅自拆阅。钱基博这个颇有封建家长作风的学者，遇见此事很易暴跳如雷；不料他从信中发现了杨绛的才华，觉得她极适合做自己的儿媳，于是不征求儿子的意见，又擅自给杨绛写信，表示要把儿子"托付"给她。这当然大大促进了美满姻缘的缔结。钱、杨二人 1933 年订婚。

也是在这一年的夏天，钱钟书在清华毕业。他拒绝了罗家伦校长、吴宓教授等的挽留，不肯继续在清华攻读硕士学位，来到了上海光华大学任教。——当时钱基博正在该校任中文系主任。钱钟书作为一名本科毕业生，当即被破格聘为外文系讲师，这在教师任用上是极少有的事。尽管他当时非常年轻，但由于学识渊博、口若悬河，很快便成为光华大学最叫座的教师，声誉不在其父之下。尤其是他往往能对读过的书倒背如流，这使得他在学校中更具有了一种征服力。除授课外，他还担任英文刊物《中国评论周报》的编辑工作；同时自己也继续写评论和学术论文。

1934 年秋，他还将自己写作的旧体诗歌编选成书，自费印制，这就是《中书君诗》。同鲁迅一样，钱钟书也是对旧诗情有独钟，不写新诗（鲁迅虽写新诗，但为数甚少，仅在五四初期写了一些，而且成就不如他的旧诗高）。鲁迅与钱钟书都深受西方文化浸渍，但都有着浓郁的"旧诗情结"。这是一种很令人深思的文化现象。

（三）欧洲之旅，内地之行

——学在世界，教在僻壤

1935 年春，钱钟书参加了教育部第三届庚子赔款公费留学资格考试。名额甚少，其难度可想而知。钱钟书以优异成绩名列榜首。

钱钟书是个"书呆子"，生活不能自理。出国留学，必须有人陪伴，以照顾他。这个重任自然落在杨绛身上。当时，杨绛还有一门课程未考，只好同老师商量以论文代替，于是得以提前毕业。两人于 1935 年夏天举行了婚礼。

婚后不久，两人即乘船赴英伦。钱钟书到牛津大学爱克赛特学院攻读英国文学，杨绛则是自费留学。

牛津大学作为世界一流大学，有着世界一流的图书馆——博德利图书馆。钱钟书在此如鱼得水，饱读文学、哲学、心理学诸方面书籍。他将"博德利"戏译为"饱蠹楼"，流露出在书海中畅游的欣喜。

然而，牛津大学的课程却非常严肃、古板，随意任性的钱钟书对它们没有兴趣。他不仅不听课，而且大读小说（不仅有当时极为兴盛的现代派小说，亦有侦探小说或惊险故事）来"休养脑筋"。结果导致一门英国古文字学课程考试不及格，最后不得不经过补考。

1937 年，钱钟书提前两年毕业，获得牛津大学文学学士学位。这个学位很少给中国学生，钱钟书获此殊荣，表明牛津大学

终于承认了他的实力。正因此，校方要聘他为中文讲师，但他却谢绝了，而是与杨绛一起到法国去学习——因为杨绛专攻拉丁语言文学。他们一起进入巴黎大学高年级班进修。钱钟书在这里掌握了更多种欧洲语言与文学。

翌年上半年，钱钟书接到时任清华大学文学院院长冯友兰先生的信：请他回母校任外国文学系教授。这又是一种罕见的破格之举：连越了讲师、副教授两级。同年秋天，钱钟书夫妇携刚一岁的女儿钱瑗回国。

船到香港，钱钟书直奔昆明：由于华北沦陷，北大、清华、南开三校均内迁至昆明，组成了西南联大；而杨绛则携幼女到了上海家中：因为无锡被日军占领，杨绛娘家被迫迁至上海租界暂住。

钱钟书在西南联大开了三门课：大一英文，欧洲文艺复兴，当代文学。由于他博闻强识，才华横溢，授课甚受学生欢迎。同时他还写了一些杂感、随笔，讥诮社会丑恶，尤将笔锋指向了某些面目可憎的文人，如《论文人》《释文盲》等。这样，他就开罪了某些人——他们喜欢"对号入座"。这种现象正如同鲁迅写了阿Q，于是喜欢"对号入座"的某些人甚感惶然一样：他们都疑心写的是自己。其实，这正昭示出鲁、钱创作的深刻性。

由于招怨，钱钟书在西南联大任职刚满一年，即于 1939 年夏辞职回上海家中养病。其时，父执廖世承正在湖南宝庆县蓝田镇的国立师范学院任校长，他邀请钱基博任中文系主任，钱钟书任外文系主任。于是他与父亲再次于同校执教，且都是系主任，堪称教育界佳话。

蓝田小镇地处湘西僻壤，教员们生活异常单调。于是海阔天空地聊天，几乎成为大家业余的唯一消遣。但人们都愿听钱钟书

聊，因为他的聊天简直使人进入了艺术享受的天地。当时的教授们都喜提手杖，不分年龄长幼，这似乎成为身份的象征。钟书亦未能免俗。聊天时兴之所到，每每挥舞手杖，有一次竟将人家的蚊帐戳了几个大窟窿。因大家聚精会神地听，当时竟无人发现。

在蓝田的两年生活中，钱钟书于授课之余，仍沉浸于读书之中。此外，写作旧体诗的兴趣亦不稍减。他还将在由上海到蓝田路上所作诗汇成一册，这就是他的第二本诗集：《中书君近诗》。

钱钟书在蓝田时，夫人杨绛则在上海为他编选了他的第一本散文集《写在人生边上》（上海开明书店 1941 年 12 月出版）。小书 3 万余字，收作品 10 篇，均写于 1939 年 2 月以前。书名虽自谦为《写在人生边上》，但实则是探讨"人生"这个大题目的，深刻地揭示了现代人的精神危机。作者居高临下，针砭世人（尤其是文人），有如解剖刀一样的犀利。而其冷峻、峭拔的艺术风格，与鲁迅的《野草》亦不无相似之处。观察人间世相的视角与挞伐的锋芒，又简直可以视为是《围城》的一次预演。

（四）"人·兽·鬼"间，"围城""谈艺"

——40年代困居上海时的生活

1941年夏，钱钟书回上海探亲。后因太平洋战争爆发，困于上海。在万般艰苦之中，钱钟书笔耕不止：此时他已经失去了正式教席，只能代替岳父去震旦女子文理学院讲讲《诗经》。感时伤世，他写了许多旧体诗以抒愤懑；同时，他还开始了短篇小说创作。1946年6月，上海开明书店将其结集出版，这就是《人·兽·鬼》。

《人·兽·鬼》含短篇小说四篇：《上帝的梦》《猫》《灵感》《纪念》。书前有作者的自序：

> 我特此照例声明：书里的人物情事都是凭空臆造的。不但人是安分守法的良民，兽是驯服的家畜，而且鬼也并非没管束的野鬼；他们都只在本书范围里生活，决不越轨溜出书外。假如谁要顶认自己是这本集子里的人、兽或鬼，这等于说我幻想虚构的书中角色，竟会走出了书，别具血肉、心灵和生命，变成了他，在现实里自由活动。从黄土抟人以来，怕没有这样创造的奇迹。我不敢梦想我的艺术会那么成功，惟有事先否认，并且敬谢他抬举我的好意。

显然，钱钟书之所以如是为之，是接受了在西南联大写随笔招怨的教训。这与某些电影（特别是香港电影）片头打出"本故

事纯属虚构，如与某人某事相像乃系巧合"的用意一样。钱钟书不愿承认自己书中的角色"别具血肉、心灵和生命，变成了他，在现实里自由活动"，初看起来，似乎是不愿开罪那些"人·兽·鬼"们；其实，乃是对于他们的一种蔑视，因为他所塑造者正是"在现实里自由活动"的"他"和"他们"那一群。如《纪念》的女主人公曼倩，《猫》的女主人公爱默，她们在爱情（婚外恋）纠葛中患得患失，苦闷困惑；《上帝的梦》中的上帝、男人、女人之间怪异的三角关系，他们彼此的隔膜、不相通，他们各自的虚荣与私欲；《灵感》中的政治家"把中国零售和批发"，资本家靠荒诞广告大发其财，作家以欺骗中学生为能事；……凡此种种，无不是当时真实的人间世相。鲁迅曾希望自己的作品速朽：作品反映的社会现实不再存在，作品也就失去了它的社会现实意义。然而，鲁迅的作品没有"速朽"，钱钟书的人物也依然在当下的现实里自由活动。这是文学的大幸，却是社会的大不幸。

早在蓝田国立师院期间，钱钟书即开始了《谈艺录》的写作，1942 年初稿完成。该书迟至 1948 年 6 月方由上海开明书店出版：因为作者对初稿并不十分满意，又经历了一个反复修改的过程。它采用我国传统诗话的写法，纵论古代诗歌，以唐宋以后为重点，引用了古今中外大量文艺学材料，进而对中西文学进行了"打通"式的研究。它不独成为中国诗话的里程碑，而且成为我国比较文学领域最具代表性的著述之一。该书所显示出来的作者如大海一样的广博的知识，论述的圆通精湛，文采的典雅华美，使得钱钟书这座文化昆仑的风采已辉耀于人间。

1944—1946 年，钱钟书完成了使他蜚声世界文坛的长篇小说《围城》。

1946 年初，钱钟书算是有了正式工作：应邀担任南京国立中

央图书馆编纂，后又兼任该馆英文刊物《书林季刊》主编。同年夏，又应邀任上海暨南大学教授。中华人民共和国成立前夕，香港大学和牛津大学均曾邀钱钟书前去执教，都被他婉拒。钱氏夫妇1949年9月到了北京，应邀在母校——清华大学——任教。遗憾的是，在迁移过程中，他的另一部小说《百合心》的手稿遗失了。

名家解读中外文学名著书系

（五）潜心"管锥"，造就昆仑

——辉煌的中晚年生活

1952 年底，钱钟书又被调到北京大学文学研究所（即后来的中国社会科学院文学研究所）工作，直至生命终结。

《百合心》手稿遗失后，钱钟书的创作兴趣锐减。从 1949 年到 1957 年以前，在新的时代和新的环境中，钱钟书感到自己颇不适应，居然没有任何新的著述问世，只是在孤独冷寂中潜心于自己的学术研究。然而，在中央领导同志的坚持下，他担任了"《毛泽东选集》英译委员会"主任委员的工作，完成得相当出色。毛泽东、周恩来等人对他也都很关心。

以在书海中遨游为最大的人生快乐，钱钟书懒于往来社交。章士钊的宅舍曾与钱宅相隔不足一箭之遥，章且是钱的父执又是毛泽东的朋友。章士钊曾在给钱基博的一封信中流露出对钱钟书的关心；父亲于是命钟书拜望章，钟书竟然置之不理。章晚年大作《柳文指要》出版后，钱钟书发现其中错误颇多，更为自己以前没去访章感到庆幸。在此处，我们发现了钱钟书与鲁迅的又一相似之处：藐视名人，尤其藐视那斤两不足的名人！鲁迅在《华盖集续编·再来一次》中也曾辛辣地嘲讽了倡导复古的章士钊居然将"二桃杀三士"解释为"两个桃子杀死了三个读书人"的笑话。

钱钟书虽系一代文化宗师，但也肯于做普及性的工作。《宋诗选注》即是如此。他为此书呕心沥血，有如撰写一部大部头的学

术专著。真正地做到了深入浅出，雅俗共赏，臻于学术研究的化境。该书于 1959 年 9 月由人民文学出版社出版。

20 世纪 60 年代初，钱钟书还参与了毛泽东诗词的英译工作和《中国文学史》的编写工作。

"文化大革命"中，钱氏夫妇被当作"反动学术权威"而备受磨难。他们先后被下放至位于河南省贫困山区的"五七干校"劳动改造，历时两年。

1972 年 3 月，钱氏夫妇回到北京。据说，这是由于周恩来总理的安排：让钱钟书重新参加毛泽东诗词的英译工作。

也正是在"文革"期间，钱钟书这位文化昆仑的主峰——《管锥编》——日渐酝酿成熟。返京后，写作《管锥编》就成为他的一项最为重要的工作。至 1975 年，写完了前四册。1979 年由中华书局出版。

《管锥编》对中国古代的十部重要典籍(《周易正义》《毛诗正义》《左传正义》《史记会注考证》《老子王弼注》《列子张湛注》《焦氏易林》《楚辞洪兴祖补注》《太平广记》《全上古三代秦汉三国六朝文》)进行研究。书名来自《庄子·秋水》："子乃规规然而求之以察，索之以辩，是直用管窥天，用锥指地也，不亦小乎！"管之所窥，锥之所指，自然甚小；博大之书，命名"管锥"，乃是自谦。

《管锥编》全书共征引四千余位作家的上万种著作，其中含西方学者和作家一千余位，涉及多种语种。这部巨著打通中外，将中国文化置于整个世界文化的背景中进行研究，对于中国文化研究走向世界，可以说建立了丰功伟绩。它不独贯通了一切文学体裁的界限，而且几乎涵括了中外人文学科的一切门类。郑朝宗先

生《研究古代文艺批评方法论上的一种范例》① 对《管锥编》内容作了这样概括：

一、学士不如文人。此处"文人"主要指诗人、小说家、戏剧家；"学士"则指饱读经典的学究或为经典注释的学者。钱钟书认为，文人感觉敏锐、极富灵感，他们能够丰富文学；而学士仅是皓首穷经，以考据代替对文学的鉴赏与领悟，却不能把握文学的本质与特性。《管锥编》以文学眼光审视一切典籍，从中多有发掘，从而丰富了我国的文艺理论。

二、通感。钱钟书早在1962年发表的《通感》一文中就曾指出："在日常经验里，视觉、听觉、触觉、嗅觉、味觉往往可以彼此打通或交通，眼、耳、舌、鼻、身各个官能的领域可以不分界限。颜色似乎会有温度，声音似乎会有形象，冷暖似乎会有重量，气味似乎会有锋芒。"这就是通感。在《管锥编》中，钱钟书对于通感理论又作了扩展与深化；更主要的是，他在书中援引了数量浩繁的中外古今通感之实例，使得《管锥编》成为一本通感大观。

三、用心理学来解释古代诗文、小说。如《诗经》中"萧萧马鸣，悠悠旆旌"一句写静境非常独特，钱钟书就引用了一些意境与其相似的句子如"蝉噪林愈静，鸟鸣山更幽"，雪莱诗"啄木鸟声不能破松林之寂，转似幽静更甚"等以作说明，认为这就是"心理学中'同时反衬现象'。眼耳诸识，莫不有是；诗人体物，早具会心。寂静之幽深者，每以得声音衬托而愈觉其深"。

四、比喻的"二柄"与"多边"。所谓"二柄"，是指"同此事物，援为比喻，或以褒，或以贬，或示喜，或示恶，语气迥

---

① 《钱钟书研究》第一辑。

异。"譬如在英语与意大利语中，都有"某某女人能使钟表停摆"的比喻，但它既可喻女人之极美，又可喻女人之极丑。关于"多边"，钱钟书是这样阐释的，"盖事物一而已，然非止一性一能，遂不限于一功一效。取譬者用心或别，着眼因殊，指同而旨则异。"简言之，就是说事物的性质与特点往往不是单一的，而是多方面的，所以以之作譬时，就可以以之不同方面喻不同事物。如月亮，具有二性，即"形圆而体明"，拿镜子比月兼取圆与明二义；拿香饼比月，则仅取圆义；以女子比月，则是取明洁之义。

五、《管锥编》对语言研究还有许多成就。如字之多义由于情多绪；诗文中由于体裁不同，句法也有宽严不同的限制；驳斥了黑格尔的谬论，认为汉语中亦有融会相反二意之字，等等。

其实，上述几条远远不能概括《管锥编》的全部丰富内容，可谓是对《管锥编》的真正"管锥"。

然而，人无完人，金无足赤，《管锥编》亦有严重不足。诚如王卫平先生所言："《管锥编》知识、文献有余，理论不足，《管锥编》具有着取之不尽、用之不竭的矿藏、珍宝，却没有建成具有完整理论体系的富丽宫殿，这体现了他'善运不善创'的特色"①。《管锥编》有的地方给人的感觉有如资料卡片的堆积。

但钱钟书的大名对于一切学人来说，毕竟如雷贯耳；所以我们的假设绝不会成为现实。并且，钱钟书的名气与成就也越来越被世界所赏识。1978 年 9 月，他参加了在意大利奥尔蒂赛召开的第 26 届欧洲汉学会，在会上作了《古典文学研究在现代中国》的报告。翌年 4 月，访问了法国和美国。1980 年 11 月访问日本，在早稻田大学作了《诗可以怨》的演讲。

① 王卫平：《东方睿智学人——钱钟书的独特个性与魅力》，河北教育出版社 1997 年版，第 222 页。

钱钟书在自己的晚年，仍一如既往地徜徉于书海之中，闭门谢客，补订少作。他后来虽然身居中国社会科学院副院长的要职，但除重要的学术活动不得不参加之外，很少出现于官场和交际场中。虽然钱钟书研究日益炽热，并形成了所谓"钱学"，但他自己却始终葆有冷静的心态。笔者以为，他晚年所做的唯一憾事就是念念不忘与自己从前邻居之间的纠葛，他与夫人每每在文字中对"前邻"予以冷嘲热骂，有失"文化昆仑"应有的"文化"大度之风。

1998 年 12 月 19 日，钱钟书先生走完了他 88 年的人生旅途，于北京病逝。他留下的遗嘱是：

遗体只要两三个亲友送送，不举行任何仪式，恳辞花篮花圈，不留骨灰。

二、与妻比才　早有蕴蓄

——《围城》的写作背景

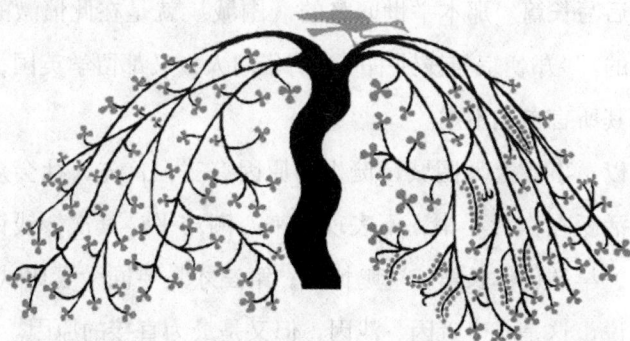

《围城》于 1944 年开笔，1946 年完成。开笔时，钱钟书因太平洋战争爆发困于上海已两年多了。虽说这时钱钟书失去了正式工作，但与爱妻杨绛倒有了较长时间的团聚机会。在此期间，杨绛在创作上已颇有名气：在戏剧方面，有被称为现代喜剧双璧的《称心如意》和《弄真成假》问世；爱情悲剧《风絮》亦很获好评；在小说方面，则有《小阳春》《玉人》《大笑话》等名篇。钱钟书这位好争强斗胜的怪异，觉得妻子似乎超过了自己，于是决心要与爱妻"试比高"。这一比试的结果，就是长篇小说《围城》的诞生。

　　有一次，钱氏夫妇二人一起去看《弄真成假》的演出，回来之后钱钟书就对杨绛说："我想写一部长篇小说。"并说了小说的题目与情节。这表明，小说中的人物与故事早已跃动于他的心中。钱钟书自回国后，或在两所大学任教，或"人在旅途"，接触了国难当头时期形形色色的知识分子，对于那些庸俗而丑恶的所谓"教授"们嫌恶之极，难免有将其写出以抒愤懑的意绪。更何况他虽喜爱文学，但论著多而创作少，自己每也以为憾事。据其挚友郑朝宗先生说："他（按：指钱氏）爱读小说，尤爱读西洋小说。抗战末期他忽发感慨，以为读了半辈子书，只能评头论足，却不会创作，连个毛姆都比不上，实在可悲。于是，发奋图强，先写短篇，后写长篇。那本举世闻名的《围城》就是在此愤激的情绪下产生的。"郑朝宗与钱钟书同为清华门人，又都留学英国，交情甚笃，其所言自然不虚。

　　所以，事实上《围城》诞生的原因有三：首先，社会众生相积郁和活跃在作者心中，不表现出来心潮难平；其次，钱钟书雄心勃勃，早欲创作长篇，一鸣惊人；第三才是要同爱妻比试高低，也就是说，这是一个近因、浅因，但又是最为直接的原因。

杨绛女士倒是愿意爱夫与自己比试一下创作才华的，为此给丈夫写作提供了种种方便。她将全部家务活都承包了下来，辞掉女佣，以节省开支。这样，钱钟书可以少去大学上课，有更多的时间用于写作。她甚至声称，只要能看到丈夫的《围城》就是做灶下婢也心甘情愿。

　　对于妻子的一片真诚，钱钟书感慨无限。他在《围城》序中写道："这本书整整写了两年。两年里忧世伤生，屡想中止。由于杨绛女士不断地督促，替我挡了许多事，省出时间来，得以锱铢积累地写完。照例这本书该献给她。"杨绛也说："这本书是'锱铢积累'写成的，我是'锱铢积累'读完的。每天晚上，他把写成的稿子给我看，急切地瞧我怎么反应。我笑，他也笑；我大笑，他也大笑，因为笑的不仅是书上的事，还有书外的事。我不用说明笑什么，反正彼此心照不宣。然后，他就告诉我下一段打算写什么，我就急切地等着看他怎么写，他平均每天写五百字左右。他给我看的是定稿，不再改动。"由此我们可以看出，杨绛虽未直接参与《围城》的创作，但她却是《围城》创作过程中的第一个读者，她起着促成《围城》最终成功的重要作用。所以，我们若将《围城》看作是钱氏夫妇二人深情厚谊的产物，当不为过。

三、城外欲进 城内欲出

——《围城》的内容梗概

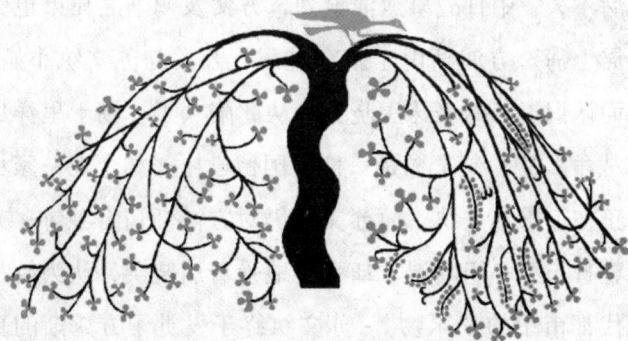

方鸿渐是小说的主人公。他在欧洲留学四年，先后在法国、英国、德国三所大学待过；但生活散漫，学无所成，竟然没有拿到一纸可用来"遮羞"的博士文凭。为了骗骗老父和"挂名丈人"（方鸿渐尚未结婚时，未婚妻既死，故未婚妻之父成了"挂名丈人"。是他出钱资助了方鸿渐出国留学），只好从一个爱尔兰骗子手中买了个子虚乌有的大学——克莱登大学——的博士文凭后返回故土。

　　在归国的邮轮上，方鸿渐受到性感而庸俗的鲍小姐的诱惑，与她发生了关系；但在船到香港后，眼见鲍小姐扑到自己的未婚夫怀里，令他备感失落。然而同船回国的苏文纨小姐（她可是真正的法国里昂大学文学博士）却看好了方鸿渐。方对这位苏小姐本来兴趣不大，但在苏小姐的进攻之下，也只好虚与委蛇。

　　回国后，方鸿渐先在故乡住了一小段时间，然后到了上海，住在"挂名岳丈"周经理的家中，并在他的银行中做事。本来方鸿渐与自己的未婚妻从未谋面，上大学后甚至打算退婚，但方父精于计算，知道这个婚姻对于方家来说在经济上颇为划算。在方父的干预下，方鸿渐的退婚只能胎死腹中。幸亏如此，方鸿渐才获得了出洋深造的资金——那本是周经理为爱女准备的嫁妆钱。爱女既死，此款于是也就改变了用途。

　　此后不久，中日战事愈演愈烈，方父及鸿渐之兄弟也为避战乱而迁居上海。方鸿渐由于寂寞难耐，开始与苏文纨小姐交往，并因此而认识了苏的表妹唐晓芙，从此陷入了一场十里洋场的情场的"战争"中：赵辛楣是一位美国留学生，如今在一家小报当编辑，正在追求苏文纨；而苏文纨仍对方鸿渐情有独钟；方鸿渐表面上整日与苏小姐厮混，却真心地爱着唐晓芙，认为她是物质化的现代都市中的"罕物"。苏文纨终于发觉了方鸿渐的真心所

向，盛怒之下将方鸿渐在回国轮船上所发生的与鲍小姐的风流韵事告诉了唐晓芙，并痛骂方鸿渐是个恶棍和骗子，极尽挑拨离间之能事。一顿大棒，将唐与方"打得鸳鸯各一方"。但苏文纨也没有嫁给赵辛楣，而是与英国剑桥大学出身的"新派诗人"曹元朗结合。于是，赵辛楣与方鸿渐均因情场失意而由情敌成为挚友。

由于方鸿渐散漫无羁，周经理一家对方鸿渐日渐冷淡，他于是辞掉了银行职务，与赵辛楣一起离开上海，赴三闾大学执教。同行者还有三人：应邀去当中文系主任的李梅亭、历史系副教授的顾尔谦和刚出大学校门的孙柔嘉。方鸿渐对孤身在外的孙柔嘉多有照顾，但赵辛楣却警告方鸿渐，说孙是个极有心计的女人——虽然孙柔嘉很尊敬地称赵辛楣（是他介绍孙去三闾大学的）为叔叔。

五个人一路上历尽种种坎坷与波折，终于来到了三闾大学。

孙柔嘉果然如赵辛楣所言，设置了一个又一个情感圈套，将方鸿渐"套牢"。待方鸿渐完全落入她精心织就的情网中后，就渐改以前的羞涩沉默而为多疑专横。这未免使得方鸿渐感到失望。

三闾大学更令方鸿渐失望。这里充满了钩心斗角、尔虞我诈，一片乌烟瘴气。颇有政治背景的汪处厚取代了李梅亭的系主任位置；方鸿渐则被剥夺了教授的头衔，只落了个副教授；而也是所谓"克莱登大学"博士的韩学愈却当上了历史系主任。方鸿渐和赵辛楣也不知不觉地被卷入围绕着地位、生活乃至婚姻爱情等问题的派系斗争中。在一次"相亲活动"中，赵辛楣发现比汪处厚小20岁的汪太太神韵颇像苏文纨，很有品味，竟然爱上了她。一天晚上，两人一起散步时被汪处厚和三闾大学校长高松年发现，闹了一场轩然大波，赵辛楣连夜逃离了三闾大学。而方鸿渐与孙柔嘉的关系竟然也引起一些人的妒恨。方鸿渐在三闾大学的处境

也越来越孤立。翌年，他未被学校聘用，只好带着已经订了婚的孙柔嘉离开三闾大学返回上海。途经香港时，方鸿渐遇见了赵辛楣，在赵的"提示"下，方鸿渐与孙柔嘉举行了正式婚礼。接着，方孙二人又在香港邂逅了苏文纨小姐；此时这位洋博士已变成了一位经营走私勾当的女人。然而这种"邂逅"却在孙方之间引起了许多不快。

　　回到上海后，方鸿渐与孙柔嘉都有了自己的位置，生活本应安定下来；谁料两人的感情却更加不和，整天为芥豆之微的小事吵嘴怄气，加之双方家庭的介入，使得两人关系更加恶化。孙柔嘉不喜欢方鸿渐家庭旧式乡绅的做派，而方对孙的家庭亦绝无好感。这样，两人日渐成为一对被困在婚姻"围城"里的人。如果说回国之初方鸿渐尚有些散漫自由、张扬个性的表现，那么现在的方鸿渐则在外在环境的强大压迫下，变成了一个委顿苟且地在报馆里混日子的小职员，这也使得他与孙柔嘉的家庭生活变得更加冷漠。当方鸿渐接到赵辛楣的来信，建议方到重庆去与他一起共求发展时，他颇为动心，也想借此振作一下自己，但却遭到孙柔嘉的坚决反对。孙对赵素无好感，尽管以前曾以叔叔相称；她希望丈夫留在上海接受她姑母给他的职位。两人意见不能统一，情感裂痕进一步加大。在旧历冬至之夜，两人因一件小事而争执，结果发生了多米诺骨牌效应，导致一连串的激烈争吵。最后，孙柔嘉搬入姑母家，只剩下孑然一身的方鸿渐麻木、茫然地面对着自己的神秘莫测的命运与未来沉思。这正验证了这样一句话：结婚就像被围困的城堡，城外的人想冲进去，城里的人想逃出来。

《围城》全新解读

四、叩问精英 平庸丑恶

——《围城》的人物形象

《围城》在人物形象塑造上，显示出作家高超的艺术功力。小说共写了 70 多个人物，而主要人物则有 10 多个，他们一起构成了中国现代儒林中所谓"无毛两足动物"的画廊。他们或平庸，或丑恶，游离于当时民族解放战争的主潮之外，大多过着浑浑噩噩的生活，与人们理想中的民族精英大相径庭。

（一）"多余之人"，坎坷多磨

——方鸿渐

方鸿渐是《围城》的主人公。这是一个虽然没有明确的人生目标，但愿老老实实生活而偏偏被社会现实逼得浑浑噩噩的知识分子形象。

方鸿渐出生于一个前清举人兼乡野绅士之家，自幼就深受中国传统文化的濡染；以后又留学欧洲，沾染上某些外国生活风习。他对自己的封建家庭虽不无厌恶但又有所依傍，绝不让旁人对它有任何批评，当属前者；他的荒唐、孟浪，在回国的船上随便与邂逅相遇的鲍小姐苟合，恐系后类。他生活懒散、学不专心，四年中换了三个大学四个专业，可能兼有中外浮华青年之相。可是，他却葆有人的天良，他愿对人对己都老老实实、明明白白地生活，这突出地表现在他对自己的爱情、婚姻生活的处理上。

他与鲍小姐虽为苟合，但也是亦恋风流亦自尊，绝不愿在大庭广众之下过于放肆，况且他并非只是贪恋鲍的肉体，也动了真情，所以当鲍离他而去时，他才有被骗、被玩弄之感。他与苏文纨的恩恩怨怨，更表明他是一个对爱情关系比较严肃的人。他不爱苏，尽管苏对他百般爱抚、挑逗，甚至精心炮制了月夜幽会那场戏，他却始终不肯越雷池一步，坚持一般朋友交往的关系尺度。他又怕苏对他有误解，连忙写信澄清，发信之后，又担心苏小姐会因失恋自杀，又写第二封信"求她原谅，请她珍重，把自己作践得一文不值，衷恳她不要留恋"。对于唐晓芙，他产生了全身心

的、纯真的爱，并且也得到了对方的回爱。可是，这种美好的感情，却被妒意十足的苏文纨破坏掉了。当唐小姐以苏所提供的种种添油加醋的消息对他进行指责时，他没有为自己辩护（尽管唐希望他如此），更没有哀求，维护了自尊。他把自己的痛苦深埋于心底，让这种痛苦长时间啃啮自己。这正体现出他对唐晓芙的爱的纯真和深沉。这也是他的人格闪光的地方。他与孙柔嘉的结合，当然不是建立在类似与唐晓芙那样的深厚感情基础之上，而是落难中两颗孤寂的心相互安慰的需要。虽然赵辛楣认为他们的结合是孙"千方百计"的结果，但也可以说是三闾大学的恶毒的人际关系促成的，甚至是在极为偶然的所谓"话赶话""将军"的形势下使他们的关系得到了升华——应说是肯定，因为"升华"只能建立在深情厚爱的基础之上。可是他们所缺乏的恰恰在此。尽管如此，婚后他对她还是体贴、照顾。至于婚后的争吵、最后离散，则不仅仅是感情基础的问题，更主要的是社会环境——这里面有经济危机：失业；人际关系的不和谐：婆媳、翁婿、妯娌、亲朋乃至主仆之间——的矛盾关系逼成的。社会环境逼就了方孙的婚事，也逼散了它，更逼得方鸿渐在这最应严肃处之的婚姻大事上浑浑噩噩起来。

方鸿渐并非木讷蠢材，而是说话幽默、谈锋锐利，不乏深刻的思想。如他说："政治家聚在一起，当然是乌烟瘴气。""拍马屁跟恋爱一样，不容许有第三者冷眼旁观。"语言老辣，对生活理解得相当透彻。有时也能略施小计，对恶人进行惩处。例如他对韩学愈挑拨自己与刘东方关系一事，就先声夺人、弄虚就实，在挑起刘对韩的恶感之后，因势利导，将韩的丑事和盘托出，终于复了仇。再如他为安慰老父及"岳丈"不得不为买假博士文凭而同一位爱尔兰骗子打交道时，也显现出一种狡黠与机智，作者甚

至在行文中感叹道："这事也许是中国自有外交或订商约以来惟一的胜利。"当然，此事也表明方的浑浑噩噩，虽然他自知此举有损人格与道德，但为对二老骗之慰之亦只好为之，——当然，他的灵魂为此付出了沉重的代价："终生的自我谴责"。

方鸿渐本不失为一个"可造之才"，但在那个社会却"全无用处"（赵辛楣评方语），成为一个"多余者"，成为中国现代文学人物画廊中"多余者"家族中以其令人啼笑皆非、可笑又可怜的鲜明个性而熠熠闪光的一员。

（二）风流倜傥，天良未泯

——赵辛楣

赵辛楣是《围城》中的重要人物。曾任外交官、新闻编辑和大学教授，是一位貌好才高的纨裤子弟，也是一个思想敏锐而又颇富人情味的亦官亦学的知识分子。

他出身于世家大族，正与他单相思的苏文纨门当户对。身材高大，神气轩昂，举止傲兀。他自幼就爱苏文纨，为将其追求到手，使出浑身解数。他误认为方鸿渐是情敌，一见到方就露出准备全线出击、决一死战的气势，故意做出傲慢无理，与墨索里尼、希特勒接见小国使臣相似的表情与作风，以压倒和吓退方鸿渐。接着又摆鸿门宴，想借机将方灌醉，让他在苏文纨面前大出丑相，以彻底打消苏对方的好感。最后又托自己的朋友打电报给方，要他去湖南三闾大学任教，离开上海，以一劳永逸地割断苏与方的联系。谁料歪打正着，解决了本不爱苏的方的饭碗问题。他对苏一往情深，想尽一切方法和手段讨好她，甚至借着酒劲儿涎着脸看苏小姐，显露出轻薄的纨裤子弟作风。在三闾大学，见汪太太稍有姿色就动了心，不仅在吃饭时死死地盯住看，且约她出来散步、谈心，甚至把她当成苏文纨（当然这也表明他对苏的感情的诚笃），结果闹出一场风波，被迫离开三闾大学。

他留学美国，受过良好的教育，但他亦信邪说。小时相面，说他有"贵宦之相"，他就认为将来自己必成政治家。听父亲说，苏文纨有官太太的命，有二十五年"帮夫运"，就"武断苏小姐

命里该帮助的丈夫，就是自己，因为女相上说自己做官的"。原来他与苏小姐不仅是"青梅竹马"，看起来还是"天作地合"。尽管他美国话讲得像天心里转滚的雷，仍摆脱不了中国传统文化的羁绊。

他也有一些值得肯定的地方。他关心别人、同情别人，有时感情非常细腻。当讲到在苏文纨与曹元朗的婚礼上看到了唐晓芙，怕引起方鸿渐的痛苦，立即打住，转移方的注意力。他对与他们同路去三闾大学的孙柔嘉小姐也关怀、体贴备至——这是一种近于长辈的关心，因为孙小姐是孙父托付他照顾的。他有意无意地促成了方鸿渐与孙柔嘉的结合，但对他们关系的要求是严肃、认真的，看见方与孙虽订婚但尚未正式结婚就在香港同住一间客房时不以为然，并劝告二人赶紧举行结婚仪式，理由是可以省去许多金钱与麻烦，并资助他们一笔款项。

他对生活也有较深刻的观察，对中国的社会与中国的人生有许多接近本质的认识。如他说，"外国一切好东西到中国没有不走样的。"他认为，"中国真利害，天下无敌手，外国东西来一件，毁一件。"又说，"一个人地位高了，会变得糊涂的。"他目光犀利、尖锐，一眼就看出李梅亭在买船票上捣鬼，既要自己省钱，又要赚别人感激。有时他对丑恶的人也颇为恶毒，予以无情的讽刺。当他发现李梅亭在赴三闾大学时带了一个大箱子，上半部是别人替他抄的卡片，下半部是他准备乘国难之机高价卖给学校的医药，就对这个不学无术、利欲熏心的骗子揶揄道："预谢，预谢！有了上半箱的卡片，中国书烧完了，李先生一个人可以教中国文学；有了下半箱的药，中国人全病死了，李先生还可以活着。"

赵辛楣同方鸿渐一样，在一个好的社会环境里，完全可以是

一个大有作为的人。可是在当时的社会里，由于他自己游离于生活主潮之外，只能虚度自己的年华，浪费自己的青春。他大体上乐天地、也并非无益于任何人、也没失去自己大部人性地活着；但他对于整个社会来说，对于整个社会前进步伐来说，作为一个可以说是高级知识分子的他，也是一个以"多余者"的身影，出现在中国现代文学人物画廊中。与方鸿渐稍不同的是：少一些悲苦，多一点孟浪。

（三）矜持自负，俗不可耐

——苏文纨

苏文纨是一位矜持自负、自作多情，以致使人感到俗不可耐的官宦小姐，是一位孤芳自赏、落落难合的洋博士。

她出身于名门望族，到外国研究中国文学。中西合璧的教养，使得她成为一个"多面体"，既崇洋媚外——人还未回国，报纸上就已登出她是法国博士的消息，又有中国封建古风——在船上看见鲍小姐赤身裸体（确切地说是裸露的部分过多一些），即认为伤及中国国体，一副十足的卫道者的心态。她喜欢恭维，别人一句奉承话，她的态度可以激转一百八十度；但她对别人却很好挖苦，更瞧不起地位低下的人。她该是够高傲的了，可有时却实在"掉价"得可以。鲍小姐一离开方鸿渐，她就迫不及待地迎上前去讨好、拼命给方鸿渐提供一个能够亲近她的机会。她有时故作顽皮、娇痴之态，简直令人作呕；但她亦有时目光犀利、语言尖刻，如她揭穿方鸿渐对唐晓芙卖乖取巧的心态时，是那样绝不留情面，——当然，其内驱力是一种因妒意而带来的不快。

苏文纨在爱情上的表演，最为突出、鲜明地造就了她自己。她理想的自己是"艳如桃李，冷若冰霜"，她的恋爱风度是所谓"又甜又冷的冰淇淋作风"。企图以这种信条和作风令所有仰慕者卑屈地向她求爱，以使自己享受到驾驭别人的愉悦。赵辛楣可谓入其窠臼，可苏小姐偏偏不爱他；她爱的方鸿渐，却不仅不欣赏她这种求爱术，亦不欣赏她本人。欲得之而不来，不欲之反迎其

好。她不甘于此，于是极力挑逗赵、方二人"斗法比武"抢自己，但又担心交战得太猛烈，二人只剩一人，结果自己身边也只剩一人了。后来又拉出曹元朗也参加这场激战，三人在她的假想中互为情敌，她以此自鸣得意——这其实是一种在玩世不恭的行为下面掩藏着的阿Q精神，其结果是她最后耍弄了她自己，嫁给了最不值得嫁、最不配她的曹元朗。

她自己得不到方鸿渐的爱，也不让方鸿渐得到唐晓芙的爱，竭尽全力、添油加醋地进行破坏，终于达到了目的。并且不顾唐晓芙心情的痛苦，俗不可耐地向唐晓芙讲述曹元朗向她求爱的俗不可耐的丑态（当然，苏小姐是不以为丑而反认为美的）。这充分暴露出她性格的阴冷。她不希望别人幸福，她既不嫁给赵辛楣，潜意识中又巴望赵一辈子不娶人，耐心等曹元朗死了候补。

她对方鸿渐的爱固然庸俗，但亦不乏真诚。在赵辛楣的酒席宴上，她唯恐方喝多了酒。当方果然被赵灌醉而失态时，她要极力挽回方的体面，方呕吐了亦不嫌脏，要走近扶持。爱毕竟是有力量的，它使苏文纨这样一贯矫情的人也有些许真情。

她与曹元朗结婚后，其性格沿着其固有逻辑迅疾发展，仿佛获得了催化的力量。她在香港见到已同孙柔嘉结婚的方鸿渐时，对方孙二人大肆嘲弄，用心相当恶毒。更令人瞠目结舌的是，这位洋博士、阔小姐居然利用国难之际，倒运私货，大发其财。虽尚不能说完全唯利是图，但风雅却已丧失殆尽。

像苏文纨这样的虽受过良好教育却俗不可耐的女性形象，在中国现代文学人物画廊中尚属少见。这是《围城》作者所作出的杰出贡献之一。

（四）柔顺之下，深藏心机

——孙柔嘉

孙柔嘉是一个青年知识女性。一开始也不乏努力拼搏向上的意向；但在艰辛的生活的磨难中，变成以追求自己个人生活幸福为主要奋斗目标，最后落得个悲剧的结局。她的性格是矛盾的结合体：真诚与作戏，机智敏感与庸俗浅薄，温柔体贴与蛮横粗暴，对人、对事的细心、苦心与深心，都交织在一起，消涨起伏，有时甚至就在同一时刻并存。她是中国 20 世纪 40 年代青年知识女性中眼界不够开阔、理想不够崇高、追求个人幸福而又陷于泥潭的比较典型的形象。

孙柔嘉本是赵辛楣报馆同事前辈的女儿。大学毕业，年青有志，不愿留在上海，她父亲恳求赵为她谋得三闾大学外国语文系助教之职。她长圆脸，旧象牙色的颧颊上微有雀斑，两眼分得太开，使她常常带着惊异的表情。起初打扮甚为素净，怕生得一句话也不敢讲，宛若一个初出茅庐的女性。

可事实上，她虽年青，却颇多心计，甚至有些刁滑。在赴三闾大学的途中，她就已属意于方鸿渐，于是她就如赵辛楣所说，像鲸鱼张开了口，来引方这条糊涂虫送上门去。她一开始对方鸿渐不能不说是真爱；但为了达到目的，却未免矫情。她有时装成"无知可怜的弱小女孩"——甚至装傻，以获得方的同情与好感，她在方鸿渐面前装睡也要露出媚态。而有时她又很老成，在方赵两人恶作剧时，会像母亲般地宽容地笑。她作厌恶表情时还能显

得"颇为可爱"。恰如方对她的评价:"孙小姐有她的可爱,不过她的妩媚得不稳固,妩媚得勉强,不是真实的美丽。"为了达到与方结合的目的,她甚至编造了她父亲来信询问她与方之关系的神话,以尽快促成两人关系之发展——确也达到了目的。后来方询问此事时,她又巧为遮掩。这已经不仅是矫情和作戏,而且是工于心计;也不只是深心,而且是煞费苦心了。

她对方鸿渐的爱的表达方式确为矫情,但她心中对方的爱意倒是真情。在赴三闾大学的途中,有一次过藤桥,她主动要求在方前面走,让方跟在后面,免得他望出去空荡荡地,愈觉得桥走不完,胆子愈小;而给旁人的印象似乎是方殿后保护孙。这不仅是极精细的用心,而且是极细腻的感情,它根植于对方的真爱。方也感到,她体贴起人来真是无微不至,"汗毛孔的折叠里都给他温存到"。

在与方订婚之后,她的性格有了变化,确切地说,露出更多的本色。方觉得,她不再是个"女孩子",不但有主见,而且主见很牢固。还没等结婚,有时就对方找茬使气,盘问方以前的恋爱史,吹嘘自己比方以前的恋爱对象们都好,显得很庸俗。不仅如此,她还以精湛的技术对方进行训练,以致使方觉得自己有了个女主人。

她的虚荣心也增长了,原来打扮素净的她开始追求衣服款式的时髦。原来她极懂事,现在似乎变得极不懂事:她与方回上海途经香港时,正在那里的赵辛楣要为他们接风,她不仅借故拒不参加,还与单独赴约的方干了一仗,并且事先设计了两种干仗方式。她似乎对方与赵之关系有一种"妒意"与"戒心",这之所以发生,一方面是"恋夫"情结的作用,同时亦因赵早已看透她在追求方时的"深心"与"苦心",她怕方听赵的,不利于她本

人对方的控制。

回到上海后,她与方经常争吵,这与经济状况、家庭生活环境特别是双方亲属对对方否定性情绪有关,方也有一定责任;但她本人亦难辞其咎:有时显得很任性,故意使气,专说一些刺激对方的过头话,这无疑大大加深了他们之间的感情裂痕。

但即使在如此状态下,她对方仍有其温柔体贴的一面:要求女佣人尽量将好东西做给方吃;不准她在自己的姑母面前攻击方,要求她必须尊重方,等等。

基于此,尽管可以说她与方之间的婚姻基础不牢固,但若不是社会经济的、家庭环境的等诸多方面的重压,婚姻也不会解体(至少不会那样快)。孙柔嘉的悲剧,固然与其个人性格弱点有关,但更主要的还是时代与社会的责任。

这样,孙柔嘉性格的矛盾性,事实上也是当时社会状况作用的结果。复杂多变、充满险恶的社会环境,使她刚刚涉世,既已懂得生活之不易、发展之艰难,可以说使她无师自通地懂得了施巧与作戏,即使是真情,哪怕再恳挚,也都要伴之以虚伪与做作,以便速达目的。因而,可以说她的扭曲的性格乃是由扭曲的社会所扭曲,她的个人的悲剧亦为悲剧的社会所铸成。诚然,在孙柔嘉所生活的时代,有许多青年知识女性走着另一条光明之路,但也确有许多像孙柔嘉这样的青年知识女性,自觉地或不自觉地走着孙柔嘉之路。正是基于此,孙柔嘉这个人物也就获得了典型的意义。

（五）虚伪奸诈，庸俗淫邪

——李梅亭

　　李梅亭也是《围城》中的重要人物。他虽也算是个知识分子，但却将狡猾奸诈、虚伪做作、淫邪无耻、浅薄庸俗、不学无术、苟且势利、自私小气等恶德集于一身，是个时而令人掩鼻、时而使人喷饭的恶臭冲天的丑角与笑料，可以说是个丑恶的典型。

　　他四十来岁年纪，戴副墨黑眼镜；摘下眼镜，则两只大白眼睛像剥掉壳的煮熟的鸡蛋，白多黑少，一望而知是个淫邪之相。他做鬼脸时倒比他本来的脸合适些，面目可憎，却神情傲兀。

　　因他与三闾大学校长高松年是老同事，便被聘为该大学中国文学系主任。但实际上他不学无术，其全部资本就是他随身携带的一只大铁箱：此箱分上下两层，上半部分全是像图书馆目录似的卡片，仅凭此他就要在中国文学系开课，浅薄到了可笑的程度；下半部竟然满满地全是西药——原来这位教授准备将这些药品卖给处于僻地的学校之医院，以狠赚一笔，可谓利欲熏心。后来果然如愿以偿：当三闾大学中国文学系主任已有人选时，他作为自己不当的条件，将这批药品按他开的价格强行卖给学校医院。

　　这只大箱子事实上成为李梅亭性格的某种象征（至少是部分地）：从形式上看，是卡片与西药，实质上是一箱子浅薄、自私、庸俗与卑劣。这个箱子的药品，他只周济过别人一次：将一粒鱼肝油丸冒充仁丹给途中生病的孙柔嘉。之所以冒名顶替，是因为药一开封便不值钱，而恰好是鱼肝油已开封而仁丹并未开封。同

时也因孙小姐一路上对他不够一包仁丹的交情（她烦厌他对她的无耻）。真是"精打细算"——卑劣得无以复加。

其卑劣无耻，不独表现在他一路上垂涎孙小姐，且表现在对妓女也有意搭茬闲扯，更表现在他挖空心思地，甚至可以说是执拗地要染指同路的一位苏州寡妇。为了揩这个寡妇的油，竟然与寡妇的佣人对骂起来，并因终未能得到她而叹了半夜的气。他的淫欲终于在到了三闾大学后得到了满足：身为训导长的他居然去嫖土娼！

这也似乎是一个铁的定律：越是淫邪之徒，越要宣传男女之大防。他认为，不结婚的男先生训导女学生有恋爱的危险，而师生恋爱有伤师道尊严；男女同事来往也不宜太密。还胡说什么"中西文明国家都严于男女之防"，一副十足的假道学面孔。

他还有一张名片，与他随身携带的铁箱子同样均系其人格之标记，这张名片上并列着三个头衔："国立三闾大学主任""新闻学研究所所长"，还有一条是一个什么县党部的前任秘书。姑且不论他尚未到三闾大学就已把头衔赫然列上已属不妥，妙还妙在他有意省掉"中国文学系"五个字。他自己解释说是为了跟第二、第三行字数相等，其实欲收鱼目混珠之效：给外行造成他似乎是整个大学的负责人的印象。而"新闻学研究所"不过是他跟几位朋友在上海办的补习学校，又是假冒。至于"前任秘书"云云，即使真有此事，也无非是阿 Q 的"从前阔"（这种"从前阔"还表现在他自吹在上海闸北有一处洋房，让日本人烧了）。这张名片不只是无耻地自吹自擂，而且透射出李梅亭性格中的虚伪做作、狡诈以及阿 Q 精神等多种信息。

他在买船票时为了省钱故意捣鬼，还要赚别人的感激；他喜听恭维；他出口不逊，辱骂车夫；他主张译音最好带意，"芝加

哥"宜译为"诗家谷";他面壁偷吃烤山薯（别人都在挨饿）；他保护并笼络违纪学生，以使其为自己效劳；……最后，他制造事端与校长高松年串通一气逼走方鸿渐；——无不表明他是一个无耻之徒。

李梅亭是中国半封建半殖民地社会的产物，是半封建半殖民地文化土壤上所生出的毒菌，同时也是中国知识分子中最不长进的那部分人的代表。他自觉地与一切旧思想、旧文化、旧道德融合，自觉地向反动统治阶级靠拢，自觉地维护反动政治思想统治。他本身腐朽得发臭，他当学校的训导长时自然不遗余力地对教师和学生实行专制统治。他的诸多恶行，也是中国国民劣根性在这种知识分子中的败类身上恶性发展的结果。中国现代文学知识分子中丑恶的典型应该说是发端于鲁迅塑造的四铭与高尔础；而李梅亭对于他的这两位前辈来说，则是有过之而无不及。他不仅完全承继和发展了他们身上的封建假道学，而且平添了许多洋场恶少的风习。他以他的恶不独在《围城》中熠熠闪光，而且成为中国现代文学人物画廊中最为突出的恶的典型之一。

除上述人物外，还有心毒手辣的冒牌博士韩学愈，投机取巧、道貌岸然的哲学家褚慎明，哈巴狗一样趋炎附势的教授顾尔谦，灵魂猥琐、面目可憎、不择一切手段拼命往上爬的校长高松年，满口仁义道德、一肚子男盗女娼的好色之徒汪处厚，等等。作者对他们也都写得个性鲜明，呼之欲出，展示出中国现代知识分子中丑类的形形色色。

五、社会展示　文化批判

——《围城》的思想蕴涵

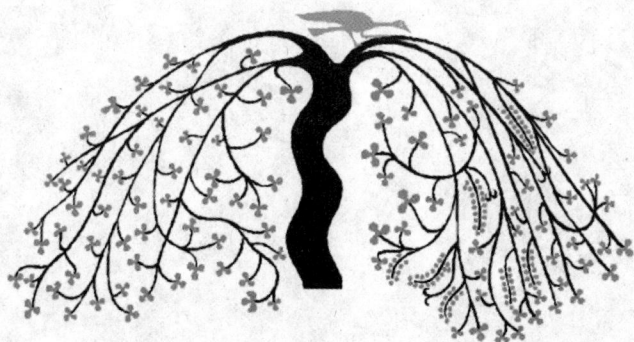

（一）文化昆仑，文化审视

——文化反思小说的高峰

从上述人物形象分析中，我们不难看出，《围城》的主要人物形象乃至次要人物形象均系知识分子，而作者对他们的态度，又是解剖与批判，所以，《围城》乃是一部文化反思小说。

所谓文化反思小说，又有广义与狭义之分：广义的文化反思小说，范畴较为宽泛，不论其主要人物形象是不是知识分子，是不是文化人，也不管作者的态度是冷静的描摹，或辛辣的讽刺，只要它不是侧重从政治和经济的角度去解剖和挞伐社会，而是对人物进行文化层面（含文化意识、道德观念、思想性格、深层心理）审视，即可谓之文化反思小说。狭义的文化反思小说，则是特指以知识分子、以文化人为主人公，对他们的文化意识、道德观念、复杂心理（特别是心灵深处的阴暗乃至罪恶）进行拷问，进行文化反思与批判，而其常用的笔调则是辛辣而又深刻的讽刺，从而昭示出中国知识分子在中西两种异质文化撞击下的精神危机，进而引导读者上升到对整个中西文化的思考。显而易见，《围城》就是这种狭义的文化反思小说的典范之作。

这种文化反思小说，应该说也是"古已有之"的，尽管它们并非现代意义上的文化反思，然而毕竟触及了中国传统文化的痛处（反动处）。而其代表作即为《儒林外史》。鲁迅先生在《中国小说史略》中指出："迨吴敬梓《儒林外史》出，乃秉持公心，指摘时弊，机锋所向，尤在士林；其文又感而能谐，婉而多讽，

于是说部中乃始有足称讽刺之书。"这种评价是公允的。《儒林外史》正是我国古代一部以知识分子为题材的讽刺小说，堪称我国现代文化反思小说的渊源之作。

这种现代文化反思小说，在新文学滥觞期既已出现。胡适的《差不多先生传》中的"差不多先生"得了病竟然请兽医医治，结果一命呜呼。胡适借此批评中国人遇事马马虎虎的国民劣根性。鲁迅的《孔乙己》与《白光》讽刺了知识分子深受科举毒害，丧失了生活的基本能力，结果惨死。《肥皂》中的假道学四铭灵魂深处卑鄙龌龊，见到一名女丐，就引起了淫欲，念念不忘；《高老夫子》中高尔础（他本名高干亭，因崇仰高尔基而更名高尔础：因他以为高尔基姓高名尔基，故自己改名为尔础以攀附，——不学无术到了荒谬绝伦的程度）为了上课时能看女学生，骗取了历史教员的职位，结果是丑态百出。叶圣陶的《潘先生在难中》的主人公潘先生，是个小学教员，为避军阀战火携全家狼狈逃往上海。但他患得患失，逃到上海后又忧心教育局斥责他玩忽职守，于是又只身返乡。后来竟然干起了为军阀歌功颂德的勾当。他自私、猥琐，为保家保命而置道义于不顾，与其说是个知识分子，倒不如说是个小市民。老舍《老张的哲学》中的老张，虽说是个小学堂教员兼校长，但又兼任着衙门小官和杂货铺老板。他利用这三种职业拼命捞钱，丧尽天良。他办教育就是为了骗钱；为了节省成本，他居然将学堂设在臭水沟旁；为了赚钱，他在学堂附近开设小杂货铺，学生的一切用品、点心都必须在这里购买（这令我们想起曾经许多学校强迫学生购买校方的统一进货，如校服、书包、文具、豆奶）。这位老张，已经完全沦落为知识分子中的流氓恶棍，《围城》中的李梅亭就有着他的遗传基因。京派小说家沈从文一方面写了以《边城》等为代表的讴歌古朴、原始的人性美人

情美的乡土小说，同时又与此相对照，对城市知识分子的阴暗与猥琐给予嘲讽。如《八骏图》表现八位教授（八骏）的人生态度与性爱意识，将他们文明衣冠下面的心理丑恶暴露无遗：儿女成行的教授在蚊帐里挂着半裸体的美女画夜夜欣赏，宣誓对爱情忠贞不贰的教授一见海滨女郎就心旌神摇忘记了自己的未婚妻。所谓"八骏"，实乃"八丑"也。至于《绅士的太太》暴露得则更加深刻。沈从文在作品中公开声明："我是为你们高等人造一面镜子"。在此篇中，儿子与庶母乱伦，绅士与另一绅士的姨太太发生不正当关系，绅士的妻子又勾引另一绅士的儿子，丑恶不堪，令人作呕。到了抗战前期，先是有张天翼的《华威先生》问世。小说塑造了一个国民党文化官僚的丑恶形象。这位华威先生不学无术，色厉内荏，腹中空虚，以热心抗战的名义，到处插手控制其他抗战团体，他逢会必到、逢到必讲、逢讲必臭。虽然作者企图以此形象揭露国民党政权假抗日真反共的面貌，但对这个知识分子出身的文化官僚的具体塑造中，在关于他的言与行的具体描画中，仍包孕着文化反思的内容。后来又有萧红的《马伯乐》付梓。马伯乐出身于一个富裕之家，虽然信奉基督教，却自私、虚伪。他自以为是、妄自尊大，瞧不起中国人，遇到看不惯的事，便脱口而出一句"真他妈的中国人！"他开书店而不去经营，只是呼朋引类，吃喝一空。他胆小怕事，又异常机警，有如食草动物一样善于闻风而逃。抗日战争爆发后，他由青岛而上海，由上海而武汉，狂逃不止。他多多少少也算是一个文化人，可是却全无忧国忧民意识。

综上所述，由五四新文学发轫，至抗日战争前期，文化反思小说（狭义的）已经有了将近20余年的发展历史，尽管各个作品的思想与艺术成就均有不同，但从总体而言，它是伴随着民族危

机的严重化及知识分子在这种时代走势下灵魂深处的上浮（由于受到时代裂变的激荡）而逐渐得到深化与发展的，最终导致了长篇巨著《围城》在抗战后期的诞生（此前多为中短篇小说）。《围城》描写远离战争、躲避后方的一群文化人的生活，侧重展示他们各自的阴暗灵魂。作品没有正面描写时代的风云巨变，但它却是紧扣着这一时代的：因为没有这一民族解放战争伟大时代的激荡映射，这一类知识分子的阴暗与渺小就无法得到清晰的凸现，文化反思的重要性，由知识分子的自省而连带出来的整个民族的自省的重要性，也就难以得到明确的昭示。而《围城》又是一部学者小说，是著名学者写学界的小说，"又因为从旧垒中来，情形看得较为分明，反戈一击，易制强敌的死命。"① 所以，其对知识分子内心世界的解剖，除鲁迅外，可以说达到了其他人难以企及的深度。同时，钱钟书又是一位学贯中西的大学者，对中西文学艺术均很熟稔，这就使得作品在艺术上也别具魅力：它汲取了中西文学素养。而艺术上的精湛无疑又会推动和强化思想的表现。《围城》正是以其思想容量和艺术造诣所达到的空前高度，确立了文化反思小说在整个中国现代文学史上的历史地位，成为一种不可或缺、无法替代的文学类型。而钱钟书也就成为从知识分子视角进行文化反思、人格自省的最为杰出的代表之一。"文化昆仑看文人"，此之谓也！

《围城》全新解读

---

① 鲁迅：《坟·写在〈坟〉后面》。

（二）众说纷纭，多重含义
——《围城》的主题思想

关于《围城》的主题思想，人们多有争论。有人认为，"《围城》是一部探讨人的孤立和彼此间的无法沟通的小说。"[①] 有人宣称，《围城》"地地道道是一部爱情小说"[②]。有人说得更为复杂，这就是周锦先生。他首先认为，"《围城》的主题非常明显，作者清楚地指说了，并不曾隐藏着。"接着援引"人类心理的普遍现象"这一命题，认为"钱钟书在《围城》中，以这样的心理倾向作为婚姻现象，并引申到人生万事，不只是倒置了，而且非常危险。——会使人产生一种错觉，误以为'离婚'和'结婚'一样，也是很自然的"。"这样的主题是不正确的，也违反了'人'的正常生活，所以钱钟书在《围城》里并没有过分强调。"他反复申明"《围城》的主题虽然不算正确，但是毕竟提示了一种新的思想和新的观念，正如（20世纪）20年代的争取婚姻自由，与30年代的反抗旧式家庭，具有同样的性质和功能"[③]。李频则认为，司马长风的"婚姻爱情"说过于狭隘；夏志清的"人生隔膜"说则过于宽泛；而周锦之说简直是故意含糊其辞，使人产生"你不说我还清楚，你越说我越糊涂"之感。他自然对上述诸说均

---

① 夏志清：《中国现代小说史》，香港友联出版有限公司1982年版，第385页。
② 司马长风：《中国新文学史》下卷，昭明出版社1978年版，第98页。
③ 周锦：《〈围城〉研究》，成文出版社有限公司1970年版，第5、7、8、201～202页。

"不敢苟同"，而是提出了自己的观点①。（笔者以为，他的基本观点是正确的，所以以下所叙的部分内容，将主要是对他的观点的复述与阐释。）

上述情况表明，《围城》的主题有着多义性，所以它一经诞生就争论不休，并且迄今不止。鲁迅的《阿Q正传》亦是如此。其实，这是一切伟大的文学艺术创作的共性。

人们大多认为《围城》是探讨人生问题的，而忽略了作者对社会的关注。其实，这是不正确的。在《围城》中，作者确实花了不少笔墨来思考人生，似乎探讨人生的兴趣大于对当时社会的关注；但是钱钟书并不想通过小说来破译恋爱、婚姻这个永恒的"斯芬克斯之谜"，这也是实情。他自己就曾明确声言：《围城》是"写现代中国某一部分社会，某一类人物"②，这也就是说，作者虽然主要是写以方鸿渐为代表的新儒林的"类"的生活、"类"的本质，但并没有忘记这个"类"乃是社会的群体存在。这恰恰符合历史唯物主义观点：人乃是社会环境的产物。

小说《围城》的基本思路受启于"围城"的语义符号，这是英国的一句古语和法国的一个成语："结婚仿佛金漆的鸟笼，笼子外面的鸟想住进去，笼内的鸟想飞出来，所以结而离，离而结，没有了局"；"被围困的城堡，城外的人想冲进去，城里的人想逃出来"。这就决定了"围城"这个语言符号是很有意味的，因为它积淀着人类的丰富的又是带有普遍性的心理内容。

钱钟书将"围城"这一语言符号具体化，给予充分的扩展与丰富：他将动物人物化（鸟变成了方鸿渐一类的人物），这有如为

---

① 李频：《从"围城"的符号意义看〈围城〉的主题思想》，《河南大学学报》1998.5。

② 《围城》，上海晨光出版社1947年版，第5页。

一个句子找到了主语；又将鸟笼与城堡概括化、类同化，使其有着无与伦比的涵括力，因而鸟笼与城堡不再是孤零零、干巴巴的鸟笼与城堡，变成了有着丰富内容的具体的家庭、银行、三闾大学乃至中国社会中国历史与中国文化。这有如一个句子的状语或补语，人物也就获得了生活与运动的空间，这亦即我们通常所说的社会环境。一个完整的句子还必须要有谓语，在这里，谓语就是爱与恨、向往与失望，尤其是不断的进与出，人物就在这一过程中成长、演变，这也就构成了小说情节。若是没有状语或补语，一个句子会变得干瘪无力；若是没有鸟笼、城堡的具体化（亦即没有了对社会环境的描写与关注），那么对人生的思索就会变成纯粹的哲学而非文学。所以，若是我们将《围城》的主题单一化为对人生的思索，不仅不符合作品的实际，也是把复杂而伟大的作品简单化了。

《围城》的叙述模式与西方"流浪汉小说"很相似。主人公先是到国外留学，接着从国外回来，乘船在海上航行（漂流）数日；回国后先在上海工作，混不下去又长途跋涉跑到内地；还是混不下去，又经香港等地回到上海。整个是"人在旅途"，其间遇到形形色色的恶棍、骗子、伪君子乃至傻瓜，演出了一幕幕悲喜剧。除了深刻的讽刺之外，《围城》还颇具"流浪汉小说"的风险味道：如方鸿渐等人在去三闾大学的路上，在一家旅店内就有了这样的遭遇：

伙计取下壁上挂的一块乌黑油腻的东西，请他们赏鉴，嘴里连说："好味道！"引得自己口水欲流，只怕这几位客人的馋眼睛会把这肥肉看消瘦了。肉上一条蛆虫从腻睡里惊醒，载蠕载袅。李梅亭眼快，见了恶心，远远地向这条蛆尖嘴做个指示

记号道："这要不得！"伙计忙伸指头按着这嫩肥软白的东西，轻轻一捺，在肉面的尘垢上划了一条乌光油润的痕迹，像新浇的柏油路，一壁说："没有甚么呀！"顾尔谦大怒，连声质问他："难道我们眼睛是瞎的？"大家也说："岂有此理！"……

这一吵吵得店主来了，肉里另有两条蛆也闻声探头出现。伙计再没法毁尸灭迹，只反复说："你们不吃，有人要吃——我吃给你们看——"店主取出嘴里的旱烟筒，劝告道："这不是虫呀，没有关系的，这叫'肉芽'——'肉'——'芽'。"

这虽然说还只能算是遭遇了小风险，但倘若真的吃了这种东西染上病，况且"人在旅途"，诸多不便，因此丢命，亦并非全无可能。

总之，方鸿渐"人在旅途"，不断变换生活地点构成小说的主要情节和线索。其他人物似乎都附属于他，随其进出。对于方鸿渐来说，"围城"不独是一个象征，而且是一个预言。他在人生的圆周上不断地跑着，起点即是终点，终点亦是起点。无论是他的恋爱之"城"、婚姻之"城"，抑或事业之"城"，全都如此。他的生命结构亦即"围城"意义上的语义结构。由于难耐的空虚而产生迫切的追求，又由于追求的失败产生更大的空虚，这就是方鸿渐的人生历程与心灵历程。

原来的英国古语与法国成语，主要还是概括单一的婚姻结构。而钱钟书则将其发展为多层次、全方位的人生结构。于是，《围城》中的"围城"就显现出外"城"中有内"城"，大"城"中有小"城"的立体化风貌。

我们首先来考察恋爱之"城"。方鸿渐在百无聊赖中想到去看苏文纨。"明知也许从此多事，可是实在生活太无聊，现成的女朋

友太缺乏，好比睡不着的人，顾不得安眠药的害处，先要图眼前的舒服。"于是，他开始与他并不爱的苏文纨往来。苏文纨倒是真心的，想与方鸿渐共"围"婚姻这城，然而方鸿渐很快便移情别向，化伪情为真情，将唐晓芙作为自己的理想的"围城"伴侣。而真心倾慕苏文纨的赵辛楣又将方鸿渐误读为"情敌"。最后，苏文纨识破真相，挥舞报复之剑，将方鸿渐斫成重伤。方、赵、苏、唐两对男女共"围"恋爱之"城"，但由于发生横向交叉，都"围"而不成。初看起来，他们也似乎真有点儿像夏志清先生所言"孤立和彼此间的无法沟通"；但实质上，这种状态正暴露出这些游离于社会主潮之外的知识分子们自身的不长进乃至丑恶：赵辛楣同方鸿渐争风吃醋，显得那样无聊浅薄；方鸿渐将苏文纨用来临时"解渴"，几近是蝇营狗苟；至于苏文纨，她的表现简直是令人作呕了：她"理想的自己是'艳如桃李，冷若冰霜'，让方鸿渐卑逊地仰慕而后屈伏地求爱"，"她喜欢赵方二人斗法比武抢自己，但是她担心交战得太猛烈，顷刻间就分胜负，二人只剩一人，自己身边就不热闹了"，并且"她不嫁赵辛楣，可是她潜意底，也许要赵辛楣从此不娶，耐心等曹元朗死了候补"。他们彼此之间将最需要忠诚和纯洁的爱情，变成了矫情作戏，变成了角逐纷争。他们没有一个人是在真心诚意地爱。他们不成眷属，既是作家基于他们各自性格发展逻辑所作出的必然安排，甚至也是作家对他们的某种宽容。假若我们将方鸿渐一类失恋者的失恋原因或失恋结果归之为"崇高的孤独"，那实在是太抬举他们了：要知道，钱钟书先生是把这些人都视为"无毛两足动物"的。

方鸿渐失去了唐晓芙，败走爱情"围城"；为了求生存或者再给他拔高一点——为了寻求自我价值的实现，又辗转数千里，来到三闾大学这座事业之"城"中。他此时也确实怀着成功的热情

和希望，想振作一番："预备功课，特别加料，渐渐做'名教授'的好梦"，一度也似乎真的总算找到了归宿。可惜，三间大学绝非世外桃源，也不是有为青年奋斗的理想国，深受中国传统文化浸渍的知识分子们的钩心斗角，终于迫使方鸿渐退出这座事业之"城"。其实，这悲剧对于方鸿渐来说也是在劫难逃，早在快到该校之时，他就有了预感："反正自己不存奢望，适才火铺屋后那个破门倒是个好象征。好像个进口，背后藏着深宫大厦，引得人进去了，原来什么也没有，一无可进的进口，一无可去的去处"。这正是对于"围城"的另一种方式的解说。

倘若说婚姻之"城"、事业之"城"乃是"围城"的内城、小城，那么，中国当时的黑暗社会与这一生存环境下的知识分子的灰色人生，可谓"围城"的外城、大城。方鸿渐在离开上海后不久路上的一段话，就泄露了个中奥秘："我还记得那一次褚慎明还是苏小姐讲的什么'围城'。我近来对人生万事，都有这个感想"。而由浙江到湖南"这十来天的旅行"途中所经历的颠沛流亡，更是"磨得一个人老气消沉"。为了完成对于"围城"的外城、大城的批评，作者在展示方鸿渐性格发展的同时，又极力铺排使之性格发生演进的外在环境，从而增加了小说思想内容的深度与广度。这主要表现在如下两个方面：

首先，作品以主人公归国后谋职及恋爱和婚姻的流浪经历，从十里洋场的上海写到东南大半个中国的腹地，以三间大学作为一个聚焦点，映照出整个大后方的形形色色。由学校、家庭而及于整个社会，其间既有银行、交通这样的经济命脉之所在，又有报馆、学校这样的承载着文化与教育的要津。通过方鸿渐的"漫游"，中国40年代政治之黑暗，经济之萧条，教育之落后，文明之腐朽，均呈现于读者的眼前。正是这灰色的整体背景，孕育、

产生并制约着方鸿渐们的灰色人生。

其次，作品以方鸿渐个体的"围城"结构作为参照系，多层次、多视角地绘制人物对照关系谱系，从而大大强化了方鸿渐这一人物形象中"围城"内涵的纵深感。

方鸿渐、赵辛楣、孙柔嘉，应说尚属并未完全丧失良心与良知的士林中人，尽管绝非时代的弄潮儿，但也不是卑鄙恶浊的小丑。尽管他们才干不同，但均未能逃出"围城"之窠臼。赵辛楣目光敏锐，办事干练，经常给方鸿渐等人以警醒与帮助，然而在三闾大学这座虽古旧但却极强固的"城堡"面前，却显得软弱不堪，第一个被迫出城，落荒而逃。孙柔嘉机智敏感，颇有心机，但在家庭中却不被重视，外出闯天下，连进事业之"城"与婚恋之"城"，希冀获得幸福。结果是先被迫同机关算尽方才"钓"得的如意郎君一起出事业之"城"，回到上海后，又因"旧家庭的格格不入"，"老规矩"的不能适应等原因，如意郎君也变得不如意，最后自己独自逃出婚恋之"城"。方、赵、孙三人个性有别，才干有异，这却没有影响他们获得同样的"围城"结局。这样，方鸿渐个人的悲剧就被普泛化了，其社会意义也被深广化了。

与方、赵、孙这一组人物相对照的则是另一群寡廉鲜耻、令人作呕的士林败类。这里面有拉帮结伙、争权夺势的汪处厚，虚伪奸诈、庸俗淫邪的李梅亭，矜持自负、唯利是图、俗不可耐的苏文纨，装腔作势、投机取巧的褚慎明，趋炎附势、毫无人格的顾尔谦，面目可憎、只问目的、不择手段的高松年等。他们构成了士林群丑图。其中有一位韩学愈，他的引入与塑造，尤见作者的深心：这位韩先生其实与方鸿渐有"学友"之谊——他们都是从子虚乌有的"克莱登大学"买得的假博士文凭。两人同在三闾大学共事时，方鸿渐往往因此事内心自责，不愿将这假文凭道与

人知，结果行骗之术半途而废，最后无以为业；韩学愈则将诈骗之术进行到底，结果名利双收。作品这就昭示出：在那样一个社会环境中，稍有良心与良知的人难以存活，而全无良心与良知的人却可以飞黄腾达。这一组同途殊归的人物命运的对照展现，大大加强了对社会的批判力度。

作品还以方鸿渐、孙柔嘉的家庭为参照，进行了家庭生活的对比。汪处厚夫妇的家庭也是知识分子的家庭；但汪太太苍白的面容、尖厉的语言正昭示出她内心的凄婉与哀怨：她虽颇有姿色，然而却嫁给了一个年龄与她父亲相当的男人，而这个男人的人格又是那样卑劣。尽管这个丈夫对她也还体贴，生活也还舒适，但两人之间不可能有真正的爱情。所以，他们的"围城"也摇摇欲坠——她与赵辛楣"散步"及随后引发的风波，就是一个信号。另外，方鸿渐自己所出生的蕴含着浓烈的封建遗老遗少气息的方家，他的原来的岳丈——作为资产阶级暴发户的周家，也对方孙之家构成了补充与映衬，从而传达出这样的信息：在中国这样一个非"理想国"中也难有"理想家"。这些安排，也都势必会强化读者对"现代中国的某一类社会"的认识。

有人认为，"产生这一'围城'现象的内在起因则基于人类的一种普遍心理，即人的精神欲求的无限性（知识分子尤甚）及其背面——难忍孤独的弱点"①。他们还将方鸿渐比为浮士德，认为方有着与浮士德一样的人生追求精神。如此比附，实在不妥：方鸿渐这个灰色人物简直成了人的命运与人的解放的伟大的探索者。其实，两人的差距不可以道里计。诚然，方鸿渐也有他的知识悲剧、爱情悲剧与事业悲剧；但是在浮士德那里，却是"上穷

---

① 王伟：《略谈〈围城〉的主题意蕴》，《艺谭》1986.4。

碧落下黄泉"，有着自我的无限延伸，更有着自我的超越，他所追求与探索者，具有全人类的意义；而方鸿渐的人生追求既是浅层次的，又是很有限的，他从未超出个体的职业与婚姻这两大生活阈限。说得刻薄一点，他所做的一切固然是一种人生追求，但没有离开求生与传种这两大本能的驱使——这也是他作为"无毛两足动物"（尽管他是其中的较好者）的主要表现。

我们试来考察一下方鸿渐所经历的几种人生悲剧。

就其求知悲剧而言，方鸿渐在欧洲留学四年，辗转于伦敦、巴黎、柏林等三所大学，既不访永乐大典，也不抄敦煌卷子，"随便听几门功课，兴趣颇广，心得全无，生活尤其懒散"。这样一种学习态度，又怎么可能了解人类的丰富的精神文化遗产（哪怕是仅仅进入一个角隅都是不可能的），又何谈博大精深的精神生活、超越自我的带有全人类意味的哲理思考！回国后，他也曾"觉得懦弱、渺小"，但这种感觉并非来自个体与人类和宇宙的对比，其忧患意识仅是来自他的"职业不容易找，恋爱不容易成就"而已。显而易见，方鸿渐的知识悲剧与浮士德的知识悲剧有着天壤之别。

我们再来看方鸿渐的婚姻悲剧。钱钟书不惜篇幅，用了两章去大写特写方鸿渐夫妇的吵嘴。这进一步昭示出"笼内鸟想飞出来""城里的人想逃出来"的"围城"符号意义。若是换一个视角，我们也可以这样评判：这种吵嘴乃是方鸿渐实际上弱化了的自我，却在主观上有所强化的表现，是一种带有阴沉和自暴自弃气息与意味的自我保护与自我抗争。在方鸿渐与孙柔嘉组织的家庭中，方鸿渐受到了妻系家庭的轻视，特别是孙柔嘉的姑妈"对鸿渐的能力和资格坦白地瞧不起"。在这样一个不可回避的家族网络中，他的人格不被尊重（自我被弱化），而他的自我观念又使他难以忍受在别人威权下的屈从。"鸿渐这个人，本领没有，脾气倒

很大"，这正是他实际上自我弱化而在主观上自我强化的真实写照。最后，方鸿渐与孙柔嘉由鸡毛蒜皮的小事争吵而演变成最终决裂，难逃"围城"的支配场。倘若说以前的求知悲剧、恋爱悲剧只是使他的人生基调降低，事业悲剧充其量也不过是使他联想到死的悲哀，那么这最后一闪的婚姻悲剧则使他的精神彻底崩溃、自我泯灭："不知不觉中黑地昏天合拢，裹紧，像灭尽灯火的夜，他睡着了。最初睡得脆薄，饥饿像镊子要镊破他的昏迷了，他潜意识挡住它。渐渐这镊子松了，钝了，他的睡也坚实得镊不破了，没有梦，没有感觉，人生最原始的睡，同时也是死的样品。"这种孤独、痛苦与寂寞令人同情，但它却绝非哲人的孤独、痛苦与寂寞，难以引起人们的崇高之感，又怎能与浮士德博士相比肩匹配？

方鸿渐的悲剧历程是由上海去内地，又由内地返回上海，出发点即归宿点，这似乎是一个宿命的怪圈。他最初在上海时是失恋继以失业，回上海后则是失业接着失家。我们若是将这种人生历程（亦含心灵历程）仅归之于"爱情小说"，归之于"结婚"与"离婚"，乃至于归之于"人的孤立"，都是片面而浅薄的。事实上，小说所表现的乃是方鸿渐对自我寻求的过程，而他的自我空间却是越寻求越窄小：他欲坦诚生活，却偏坎坷多磨；他欲有所作为，最后却成了"多余人"。这其间固然有他个人方面的原因，但20世纪40年代中国社会（国统区）的黑暗与腐朽的制约因素更起着决定性的作用：三闾大学的压抑人性、摧残人才，就是当时社会的缩影。作品很明显地具有社会批评之意义。还有一点需要指出，作者对于方鸿渐的态度随着小说情节的发展而发生了变化：由讽刺而转为怜悯，也就是说作者的锋芒所向更多地转向了社会。

另外，《围城》还以相当的篇幅写婆媳、妯娌、亲家之间的勃

谿斗法，攻讦挑剔。婆婆嫌孙柔嘉架子大，不柔顺，对她在初次见面时竟然没有给公婆叩头十分不满，耿耿于怀。因而常常对孙柔嘉旁敲侧击，指桑骂槐。孙柔嘉有两个妯娌，原本矛盾重重、较劲使性，但一看公公对孙柔嘉颇有好感，便马上尽释前嫌，结成同盟，向共同“敌人”孙柔嘉开战。不仅背后对孙柔嘉挑剔诽谤，而且当面说话往往也“隐藏机锋”，而要听懂其真意还颇费捉摸。作者不由得借方鸿渐之口大发感慨：“一向和家庭习而相忘，不觉得它藏有多少仇嫉卑鄙，现在为了柔嘉，稍能从局外人的立场来观察，才恍然明白这几年来兄弟妯娌甚至父子间的真情实相，自己有如蒙在鼓里。”家庭乃是社会的缩影，这种乌烟瘴气的家庭，也正映衬着整个乌烟瘴气的社会。

《围城》还描写了同路人之间的关系。前边说过，《围城》中的人物总是“人在旅途”，总在奔波劳碌。他们中又没有鲁迅《过客》中的那样孤独的“过客”（尽管个别人有孤独的心境，但大多只是庸人的孤独，而不是“过客”那种哲人的孤独），却往往结伴而行，于是就有了所谓“同路人”：方鸿渐、赵辛楣、孙柔嘉、李梅亭、顾尔谦五人搭伙，从上海出发，千里迢迢去湖南中部的三闾大学任教。他们成了真实的、具有实践意义的具体的“同路人”。作品一方面描写了他们的舟车劳顿，一方面让他们演出了一出出令人啼笑皆非的悲喜剧。一行人走到金华时，赵辛楣担心旅费不够，提出将大家的钱集中起来使用。但李梅亭并不如数交出，当大家都挨饿时，他却自己偷偷买烤山薯，吃“毒(独)”食。而当孙小姐病了，方鸿渐与赵辛楣向李梅亭要仁丹给她吃时，他却拿出一粒已经开瓶的鱼肝油来充数。这些“同路人”各怀心腹事，同路而不同心。

到了三闾大学后，具体的“同路人”之间的关系已经结束，

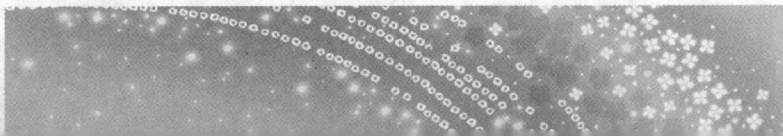

但他们仍是具有象征意味的"同路人"：同在一所学校里走人生之路。无论其心向善或心向恶，他们都陷进了同事之间排挤倾轧的是非圈。学校不大，并处山乡僻壤，但依然如中国其他处所，派别林立（有什么"粤派""少壮派""留日派"等许多小派别），钩心斗角，争权夺利，弄得整个学校无日安宁。历史系主任韩学愈，极力排挤正在外文系任课的方鸿渐，以便让自己的妻子到那里去当教授。这些所谓"学者"，所谓"高级知识分子"，表面上衣冠楚楚、道貌岸然，实际上却像猪狗一样争食。作品对他们作了有力的揭露与讽刺。这些当然都属于社会批评的内容。

钱钟书在《围城·序》中写道："在这本书里，我想写现代中国某一部分社会、某一类人物。写这类人，我没忘记他们是人类，只是人类，具有无毛两足动物的基本根性。"这就是说，《围城》既写了某一部分社会，也写了这社会中的某一部分人类，通过这类人中的男女、同路、同事、婆媳、妯娌、亲家等人际关系的描写，来揭示人类的基本根性——特别是劣根性。通过这类关系的真实描写以及形形色色的人物形象的塑造，人性的自私贪鄙、忌妒卑污、虚伪骄傲、狭隘偏执、狡猾奸诈、意志薄弱等都被入木三分地表现了出来。

钱钟书由社会而写人，写人性的弱点，并在此基础上抒发他的人生感悟，从而使作品进入和提升到哲理层面（这并不意味着他笔下的人物是哲人，而只是说作者本人具有哲人的素质）。在钱钟书看来，人性既然卑污褊狭，那么人与人之间也就难以和谐相处，人生也就难以到达理想境界；然则人又总是耽于幻想的，总是希冀新的处境不仅取代旧的处境，而且要优于旧的处境，这样，"围城"的心态也就必然长存不歇：在城外的想冲进去，而在城内的却想冲出来。一切人们所追求的境界，最终都不过是一座"围

城"而已，这就是《围城》所昭示出的最主要的人生哲理。另外，《围城》还表现了偶然的机运对人生命运的决定性影响。如方鸿渐与唐晓芙分手时原本尚有挽回的余地，但却因为纯系偶然的阴差阳错而导致好事不成。方鸿渐与孙柔嘉的分手亦是这样：当晚上6点时，两人还都准备和好；而到了晚上11点即方家慢5个小时的祖传老钟才敲响6点时，两人却由于偶然的细微之事引起争吵，最后劳燕分飞。

基于上述，描写人性的弱点和表现人生的荒凉，亦是《围城》的基本内容之一。在这方面，我们不难发现作者的悲观主义态度。这种悲观主义态度的形成，既基于作者对现实生活的深刻观照，也是由于受到了西方现代悲观主义思潮的影响。这使得作者较多地审视到社会人生的黑暗与卑污，而不善于挖掘社会人生的亮点。然而，这也昭示出这位文化昆仑的片面的深刻。

总之，《围城》的内容极为丰富，这导致了它的主题思想的多义性，是不能用单一层面去概括的。

（三）烈火毒焰，偏向传统
——《围城》的文化批判

  《围城》的思想内容十分丰富，若是从批判层面来看，大体上可分为社会批判与文化批判两大方面。关于社会批判，我们在上一小节对《围城》的思想内容的具体分析中已多有涉及；此处我们将《围城》的文化批判单独提出予以理论上的评析——《围城》既是文化反思小说的一座高峰，我们就必须在这一方面进行补充论证。

  《围城》中的文化批判层面，主要是通过对"新儒林"的描写和对一批归国留学生及高级知识分子形象的塑造得以实现的。作者极力剔挖方鸿渐们性格的文化基因：一方面他们患有崇洋症，但传统文化又深入他们的骨髓。他们可谓均是"中西合璧"的产物：他们不是生活在前清，时代变了，焉能墨守陈规？但标新立异，又愧对祖宗家法。光是旧式，太老朽昏庸了，不合潮流；光是新式，也太摩登一点，不大像样。不会"子曰诗云"的没根底，而不懂 ABCD 又太土气。于是方鸿渐的"学贯中西"应运而生："买假文凭是自己的滑稽玩世，认干亲戚是自己的和同随俗。"倘若说"滑稽玩世"是得西洋文明的"真传"，那么"和同随俗"则可谓"东方文明"的精髓。这是一位学者对方鸿渐的文化性格所作的概括①，这种概括是犀利而准确的。方鸿渐出身于一个前

---

① 陈平原：《论 40 年代的讽刺文学及其知识分子形象》，《学术研究》1987.2。

清举人兼乡野绅士之家，深受传统文化的熏陶与濡染。一方面，由于经济上的原因和文化上的血乳联系，使他必然要依靠这个家庭；另一方面，他又在一定程度上接受了五四新文化的影响，呼吸了新时代的文明空气，使他厌恶这个封建腐朽的家庭。但他又像阿Q对待头上的癫疮疤那样，不允许别人对他稍作批评。他的许多事项都昭示出中西合璧的两重性：他倾心于西方文化，故而出国留洋；但他的目的是"光耀门楣"，"好比前清时代花钱捐个官"。这又完全是传统文化的思路了。他在欧洲留学四年，并没有真正学到西方文明的精髓，仅是去拾外国人的牙慧而已。西方的唯利是图的价值观、花天酒地的堕落的人生观，给他身体里原有的盲目自大、生活懒散的传统基因中又注入了及时享乐、荒唐无聊的因子，从而养成了他无视国难，缺乏理想与信念的颓废的人生观。尽管他并未全然丧失良心与良知，尚有一定的正义感，但传统文化的磁场制约着他，他所学来的西方文化的皮毛无法抗拒这一强大的磁场，而他所接受的西方文化的某些不良方面与传统文化磁场恰恰相合地作用于他，所以，尽管他出洋游学多年，其文化性格主要倾向却依然是卑琐、懦弱的传统人，而绝非一个现代人。这最终导致了他的性格悲剧。

《围城》中的其他人物，如李梅亭、韩学愈、高松年等人的庸俗、卑劣、虚伪、巧滑，则明显是传统文化的产物。更不必提封建遗老方遯翁了。即便是颇受到现代教育的孙柔嘉，她那柔顺之下深藏心机的面孔，也正是古旧中国文化的姿容。作者通过对这些人物病态性格与灵魂的剖析，对中国传统文化进行了深刻的反思与批判。

另外，作者的社会批判也是紧密胶着于文化批判进行的。作者并没有用当时盛行的阶级论对腐朽的社会进行剖析与挞伐，并

没有暗示当时的种种腐败是统治阶级所造成，而是用自己的忠实的艺术描绘揭示出，无论是社会还是家庭，都离不开传统文化的统辖与制约：三闾大学的乌烟瘴气，主要的并不是由于国民党的反动统治，而是由于一帮由传统文化所造就的文化人（知识分子）在那里蝇营狗苟；方鸿渐家族中的斗法纷争，也不是由于产生了具有现代气息的反叛者，而恰恰是基于中国传统文化的封建大家庭在末世的必然的日常表现。

所以，方鸿渐等人的所谓"中西合璧"，只具有皮相的意义，究其实质，他们仍属于中国传统文化的载体。方鸿渐在欧洲学习四年，并没有理解和掌握西方文化的先进方面（尊重个性，追求自由，反抗进取），却被其非主流、被排斥的享乐主义等所濡染，这正表明他身上的传统文化的磁场是何等地强大：中国传统文化天然地有着吸附污垢的能力，即便是外来文化的先进方面，若是经过中国传统文化的浸渍，也会变形失色。鲁迅先生说过："每一新制度，新学术，新名词，传入中国，便如落在黑色染缸，立刻乌黑一团，化为济私助焰之具，科学，亦不过其一而已。"① 西方文化，在中国遭受的正是这样的命运。鲁迅还曾写道："中国人总只喜欢一个'名'，只要有新鲜的名目，便取来玩一通，不久连这名目也糟蹋了，便放开了，另外又取一个。真如黑色的染缸一样，放下去，没有不乌黑的。譬如'伟人''教授''学者''名人''作家'这些称呼，当初何尝不冠冕，现在却听去好像讽刺了，一切无不如此。"② 以此语来解读《围城》，恰中膝理。

有人认为，《围城》的文化批判不独是对中国传统文化的批判，也含有对西方文化批判的内容。我以为这是对《围城》的误

① 《花边文学·偶感》。
② 《书信·340224 致姚克》。

读。如果硬要说《围城》有对西方文化的批判，那么也只能说是对于西方文化在强大的中国传统文化面前显得软弱无力的批判：在方鸿渐那里，"西"终于败给了"中"——这就是证明。

六、现代喜剧　比喻精魂

——《围城》的艺术特色

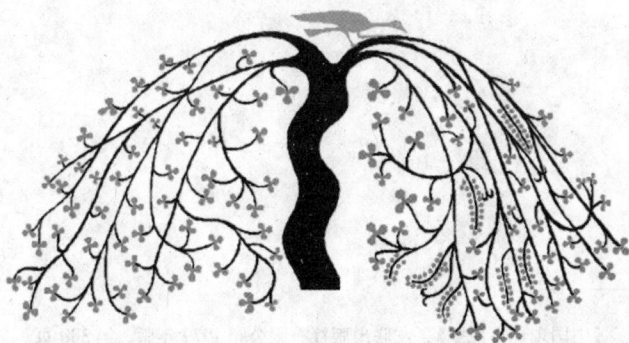

夏志清先生指出："《围城》是中国近代文学中最有趣和最用心经营的小说，可能亦是最伟大的一部。作为讽刺文学，它令人想起像《儒林外史》那一类的著名中国古典小说；但它比它们优胜，因为它有统一的结构和更丰富的喜剧性。"① 此处夏先生所用"近代"一词相当于我们的"现代"；而说它是近代小说中"最伟大的一部"，我也不能同意，无论其思想抑或艺术成就都还不能与《阿Q正传》相比肩（但好于茅盾的《子夜》）；然而认为它是一部"讽刺文学"，而且要强于《儒林外史》，则是我所同意的。

① 《中国现代小说史》，友联出版社有限公司 1979 年版，第 380 页。

（一）道德讽刺，喜剧戏谑

——中国讽刺小说的奇峰突起

　　回顾中国文学史，小说创作长时期未被列入正宗。因而作为小说之一种的讽刺小说，亦不能特别兴旺繁荣。鲁迅先生指出："小说中寓讥讽者"，"虽晋唐已有，而在明之人情小说为尤甚。在清朝，讽刺小说反少有，有名而几乎是惟一的作品，就是《儒林外史》"①。正是它的出现，才使得"说部中乃始有足称讽刺之书"②。"讽刺小说从《儒林外史》而后，就可以谓之绝响"③。鲁迅这一段对中国讽刺小说发展状况史的言简意赅的描述，是完全正确的。

　　王卫平先生认为："历史进入了20世纪20年代以后，才使已经'绝响'了将近两个世纪的讽刺小说在鲁迅、钱钟书等现代作家手中重又奏响，而且声名大震，他们秉承、延续并发展了《儒林外史》的讽刺文学传统；又从异域的讽刺文学中吸取经验，开创了现代讽刺文学的新生面。"④

　　鲁迅是中国现代文学的奠基人，也是中国现代讽刺文学的奠基人。他的贡献表现在理论建树、引进外国讽刺文学文本（亲自从事外国讽刺小说的翻译工作）特别是自己的亲身创作实践上。

---

① 《中国小说的历史变迁》。

② 《中国小说史略》。

③ 《中国小说的历史变迁》。

④ 王卫平：《东方睿智学人——钱钟书的独特个性与魅力》，河北教育出版社1997年版，第125～126页。（以下所叙，对此书多有参考）

《呐喊》《彷徨》为我们提供了大家耳熟能详的许多名篇。一部《阿Q正传》即是中国现代讽刺文学的顶峰，至今无人超过，同时也是借鉴外国讽刺文学的光辉典范。鲁迅的讽刺小说既有拷问人物灵魂的烈度，又有对于中国历史与社会的深广的涵容，更有着无与伦比的审美效应，并走向世界，成为整个世界文学中讽刺小说的瑰宝。

在鲁迅之后，叶绍钧也曾着意于讽刺小说的创作。他以契诃夫为学习之楷模，力求在如实摹写中，对小市民知识分子的精神生活进行讽刺，冷静、沉实，不以自己的主观感情扇动读者，而是启发读者思索，使得读者对讽刺对象送去哀怜的笑。虽有鲁迅之冷峻，但乏鲁迅之深刻。

到了20世纪20年代后期，老舍的《老张的哲学》等作问世，提供了另一种讽刺风格：文笔轻俏，让人忍俊不禁，发出笑声。如果说鲁迅的作品让人发出"含泪的笑"，那么老舍的作品则令读者笑得流泪。前者是无声的，后者是有声的，这是一个重要区别。到了30年代，一批与老舍风格相似的作家，如沈从文、萧乾、废名等相继走上文坛，他们的某些作品虽说还不能与老舍作品一样地令读者发出暴烈的笑声，在语言上亦都有差异，但在世态讽刺上都是一致的。同时，张天翼、沙汀、周文等左翼作家亦创作了一批以政治讽刺为主要内容的讽刺小说。

到了40年代，在民族战争这一总的时代背景下，讽刺文学在国统区和沦陷区得到了长足发展，其突出表现就是沙汀、师陀、萧红、张恨水、李劼人等都有长篇小说问世，讽刺小说至此蔚为大观。

但有一个情况我们必须提及：那就是中国的讽刺小说（无论其为古典抑或现代），大多负载着沉重的历史使命：要通过对丑恶

现实的批判（讽刺），警醒人们正确认识社会，从而变革社会。它们追求着真与善，对美则有所忽略，结果除鲁迅外，许多人的作品社会价值大于乃至大大大于审美价值，却缺乏西方文学中的喜剧性讽刺。尽管老舍的作品有较浓郁的喜感，但有时又过于油滑，冲淡了表现力度。可以这样说，迄钱钟书之前，中国现代讽刺文学以政治暴露和道德批评为主，未免冲淡了喜剧美感。只有到了钱钟书这里，才有了更多的戏谑与揶揄，同时又有着更多的机智与幽默，建构了与西方讽刺文学传统更为接近的喜剧品格，从而将中国现代讽刺文学推进到一个新的甚至是难以企及的高峰。

王卫平先生指出："从讽刺作品角度说，如果把中国讽刺小说比作繁星点点的星空，那么，《儒林外史》《阿Q正传》《围城》无疑是几颗最亮、最辉煌的星座。从创意来说，《围城》具有超越一切前贤的创建，具有着独立不倚的品格。"① 我以为，说《围城》超越一切前贤，未免不妥，它就没有能够超越鲁迅的《阿Q正传》；但说它具有独立不倚的品格，则是完全正确的。正因此，它才在中国讽刺文学史上乃至整个中国文学史上都占有着不可替代的地位。

---

① 同前书，第128页。

（二）广涉入骨，五色斑斓
——《围城》讽刺艺术面面观

《围城》最为基本和最为主要的艺术特质即是讽刺。无论是从其讽刺的广度与力度上看，还是从具体的讽刺手法上来看，都足使人叹为观止。

1. 讽刺对象的广阔性

《围城》的主人公是一群知识分子，所以《围城》的讽刺锋芒首先指向了知识阶层。首先我们来看作品开篇处对"白拉日隆子爵号"邮船上的中国留学生的"群体扫描"：

他们天涯相遇，一见如故，谈起外患内乱的祖国，都恨不得立刻就回去为它服务。船走得这样慢，大家一片乡心，正愁无处寄托，不知哪里忽来了两副麻将牌。麻将当然是国技，又听说在美国风行；打牌不但有故乡风味，并且适合世界潮流。妙得很，人数可凑成两桌而有余，所以除掉吃饭睡觉以外，他们成天赌钱消遣。早餐刚过，下面餐室里正忙着打第一圈牌。

他们"忧国忧民"，想"报效祖国"，但却成天以打麻将作为消遣，并且又为之找了一个"中西合璧"的理由："不但有故乡风味，并且适合世界潮流"。作者不动声色地对这帮巧滑而又做作

的伪爱国者进行了讽刺。

对于这帮知识分子的每一个个体，作者也都给予无情的讽刺。不必说买假博士文凭的方鸿渐，就是那位有着法国里昂大学正式文凭的苏文纨，还不是干起抄袭德国民歌的勾当么！而受过法国教育的沈太太，身上经常散发着一股愠羝味（狐臭），但却总把自己的身躯刻意摆弄出"千娇百媚"，而其实是俗不可耐、味不可闻，令人作呕，避之唯恐不及。曹元朗是个剑桥出身的所谓"新派诗人"，但写的诗也是"中西合璧"（很多中西方典故拼凑而成），读之不知所云。褚慎明则经常给柏格森、罗素等世界著名哲学家写恭维信，将人家出于礼貌的回信当作自己是广有影响的哲学家的证明。旧体诗人董斜川，则大贬特贬苏东坡，狂妄到令人难以置信的程度。至于赵辛楣、李梅亭等人的丑态，我们在前面人物形象分析中已有详细解说。下面我们再将三闾大学校长高松年拽出，一睹尊容：

（方鸿渐在见到高松年后，表示他并未收到一封把他从教授降为副教授的信，——其实高根本未写过这样的信——高就作了如下的表演）

"咦！怎么没收到？"高松年直跳起来，假惊异的表情做得惟妙惟肖，比方鸿渐的真惊惶自然得多；他没演话剧，是话剧的不幸而是演员们的大幸——"这信很重要。唉！现在抗战时期的邮政简直该死。可是你先生已经来了，好得很，这些话可以面谈了。"

高松年做个一切撇开的手势，宽宏地饶赦那封自己没写，方鸿渐没收到的信："信就不用提了，我深怕方先生看了那封信，会不肯屈就……"

高松年这个背信弃义、撒谎成性的伪文化人、真"作戏党"的丑恶形象，跃然纸上。

《围城》的讽刺对象固然主要是知识分子，但绝不是仅仅限于知识分子。它涉及官、商、绅、警、阔少爷，乃至普通市民、妇女、儿童等各个阶层、各种类型。作品讥讽政治家"把中国零售和批发"，"政治家讲的话大而无当"，"一切机关的首长办公室，本来像隆冬的太阳，或者一生里的好运气，来得很迟，去得很早"。他揭露官运亨通的官僚们出卖民族利益，并且"贪官污吏，纳贿几千万而决不肯偷人家的钱袋"。他讽刺上海租界的寓公在经历短暂的战争恐慌之后，当即旧态复萌："现在国家并没有亡，不必做未亡人"，所以又照常热闹起来。国民党军官敲诈勒索，银行经理大发国难之财，西崽向洋人献媚，阔太太们飞来飞去大搞投机倒把，下等娼妓依门卖俏，……种种污秽丑态，在钱钟书的讽刺笔下，不能遁其形。

作品的讽刺锋芒所向，还随着人物形象而遍及社会、政治、历史、文化等许多方面。他说国统区"政治性的恐怖事件，几乎天天发生，有志之士被压迫得慢慢像西洋大都市的交通路线，向地下发展"。"物价像断了线的风筝，又像得道成仙，乎地飞升。"三闾大学则似官场，充满"政治暗斗"。请看它的办学条件："古而不稀的老书、糟书、破书不上一千本"；再看它的教学质量："学生程度和世道人心是这里惟一两件退步的东西"。至于乡镇的闭塞与落后，交通的堵塞与混乱，作者也都以讽刺之笔予以深刻的再现。

总之，《围城》章章有讽，节节带讽，句句蕴讽，建构了一个空前广阔的讽刺艺术世界。

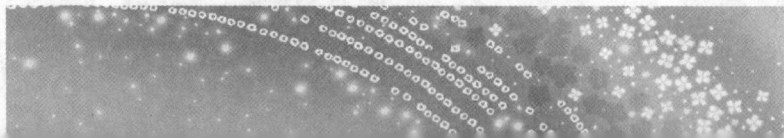

2. 讽刺力度的入骨性

在《围城》中，并没有因为讽刺对象的广阔性而影响到讽刺力度的深刻性，这种深刻性可谓达到了入骨三分的程度。有时顺手一枪，即可置讽刺对象于死地。作者这样描写鲍小姐："鲍小姐谈不上心和灵魂，她不是变心，因为她没有心；只能算日子久了，肉会变味。"这比说鲍小姐是一具毫无感情的行尸走肉不知要深刻几多倍！写毫无人格可言、专事阿谀奉承的顾尔谦，作者感慨道："上帝真懊悔没在人身上添一条能摇的狗尾巴，因此，减低了不知多少表情的效果。"这种感慨与鲁迅对吧儿狗的嘲讽一样，都具有了对这一类人讥刺的意义。我们再看写苏文纨的一段：

苏小姐理想的自己是，"艳若桃李，冷若冰霜"，让方鸿渐卑逊地仰慕而后屈伏地求爱。谁知道气候虽然每天华氏一百度左右，这种又甜又冷的冰淇淋作风全行不通。

这深刻地表明，苏文纨小姐也是个"作戏党"，与沈太太同属一族，只不过沈太太要作成"千娇百媚"结果是丑臭兼备，苏小姐要作成"又甜又冷的冰淇淋"反而使方鸿渐望而却步。这里对人物心理的讽刺性描写真是令人解颐。

至于下面这段对于高松年的描写就更为尖利深刻了：

科学家跟科学大不相同，科学家像酒，愈老愈可贵，而科学像女人，老了便不值钱。……高校长肥而结实的脸像没发酵的黄面粉馒头，"馋嘴的时间"咬也咬不动他，一条牙齿印或

皱纹都没有。假使一个犯校规的女学生长得非常漂亮，高校长只要她向自己求情认错，也许会不尽本于教育精神地从宽处分。这证明这位科学家还不老。

这里从形象到心理，为高松年作了极为生动的画像。科学家愈老愈值钱，而高松年却是一位不老的科学家，这就暗示出高松年其心并不在科学学术；而他对漂亮女学生极有兴趣，不独证明着他的"不老"、他的好色，也证明着他并非一位真正的科学家。下面又写他"发奋办公，亲兼教务长，精明得真是睡觉还睁着眼睛，戴着眼镜，做梦都不含糊的"，而这与他对犯规的漂亮女生"也许会不尽本于教育精神地从宽处分"构成悖论。正是通过这种悖论，作者将这个名为校长实为政客的好色之徒的内心丑恶，入骨三分地全部剔挖出来。

然而，《围城》的讽刺虽然具有入骨三分般的深刻，但它并没有离开生活的真实，而是充分注意到审美判断的分寸感。譬如对于方鸿渐，作者对他虽多有讥刺，但并未使他变成一个脸谱化的小丑。作品写方鸿渐发现"理想中的留学回国好像地面的水，化气升上天空，又变雨回到地面"，自己只不过是"被吹成的一个大肥皂泡，五光十色"，被人一搠就茫然不知去向，这不独是讽刺方鸿渐本人的毫无用处，其中也含有对社会批评的意蕴，包孕着对方鸿渐同情的成分。不独对方鸿渐如此，对于赵辛楣、苏文纨、唐晓芙、孙柔嘉、方遯翁也以忠实于生活为原则，把握着不同程度爱憎的分寸感。

这在对几个青年知识女性的表现上尤为突出。唐晓芙是这些人物当中乃至整个《围城》人物中较为清纯、可爱的形象，她甚至成为方鸿渐未冲进"围城"时所追求的理想的象征：热情、开

朗，把"爱"视为"曲折又伟大的情感"，是"围城"中将爱情看得最为严肃、认真的一位；但却听信了苏文纨的恶意挑拨，导致与方鸿渐的爱情失之交臂。这也是她的人性的表现的某种缺失。作者对她的讽刺自然也是温婉的。对于孙柔嘉的态度则有所不同：虽然也忠实地写出了她的许多优长之处，但对于她的某些旧式女子的心态与做派，无疑给予了较之给唐晓芙尖锐得多的讥刺。但正如同对于方鸿渐一样，对于形成她朴实而狭隘的两重性格的社会原因（在旧式家庭与时髦家庭的挤压中变形，在尔虞我诈、唯求自保的社会环境中扭曲）给予了鞭挞，因此将相当一部分讽刺火力移向了社会。而对于苏文纨和范懿的讽刺，则要显得更为辛辣一些。她们都是所谓大龄高知女性，过去因其学识而把自己身份标得过高，错过了求偶的最佳季节，如今就显得未免急切。然而两人又有所不同：若说苏文纨在婚恋问题上表现得极端自私自利，那么范懿则更多阴险与狡诈。范懿为了吸引赵辛楣，不独刻意修饰、忸怩作态，还编选许多作家向她求爱的故事，并且到赵辛楣住处故意与赵大声说笑，以向世人公开他们之间的"特殊关系"，造成"逼赵就范"的态势。作者对于她的种种变态心理和行径给予了尖锐的讥刺，但其中亦不乏同情的因子。

这种分寸感的把握，在方鸿渐之父方遯翁的描写上也很鲜明。这位方遯翁是位乡绅而兼举人。他自以为"家学渊源"，望子成龙，逼方鸿渐读《问字堂集》《癸巳类稿》一类古书，以继承自己的事业；他想青史留名，经常记下自己的嘉言懿行，以为天下教子之楷模。他给孙子起名也要引经据典，因孙子生得丑，就据《荀子·非相篇》说古时圣贤都相貌丑陋，而给孙子命名"非相"，小名"丑儿"，以为如此这般，孙子就可发达。其迂腐之极，令人喷饭。他满脑袋都是"几千年的古董"，甚至将小说

《镜花缘》里的奇方摘在商务印书馆的《增广校正验方新编》上，结果以之治病用药，大出谬误。他主张"女人的责任是管家"，反对儿媳出去在社会上做事。这种种不合时宜之举，表明他早已成为时代的淘汰物，就如方家那台祖传的老钟一样。但作者对他也并未完全彻底地封杀：这位老人还多少保有一些正直与善良。

至于对于高松年、李梅亭、汪处厚一类奸邪小人，作者则是将他们作为社会的毒瘤、民族的蛀虫、知识界的败类，以苛烈的讽刺为武器，对他们施以愤火与毒焰，将他们送上道德的轰毁之路。

3. 讽刺技法的多样性

《围城》的讽刺技法丰富多彩，堪称讽刺艺术的集大成者，建构了一个神奇的喜剧审美世界。

（1）以俏皮的语言进行讽刺

钱钟书的讽刺入骨三分，发人深省，往往能给读者以很深的印象和思索的余地，真是愈咀嚼愈有意味。这主要是得益于他的语言的俏皮。这种语言讽刺构成了钱钟书讽刺的最大特色。《围成》中缺少离奇古怪的讽刺性情节，亦较少漫画式的喜剧形象，其讽刺审美效应的产生，主要是靠语句的安排。作者往往将初看不相关涉的事物巧妙融合，造成奇绝妙绝的讽刺效果。例如：

韩太太虽然相貌丑，红头发，满脸雀斑像面饼上苍蝇下的粪，而举止活泼得通了电似的。

有鸡鸭的地方，粪多；有年轻女人的地方，笑多。

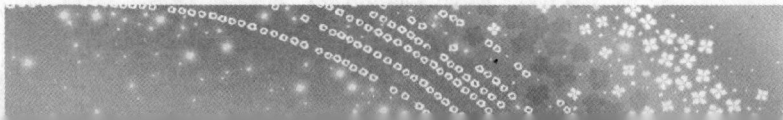

在这里，如果说前一例尚属对于一个具体的人的容貌与个性的认识，在容貌与举止的反差下面传达出对这个人的厌恶之情，并产生了审美（"丑"）效果，那么后一例则清楚地昭示出作者对一类人、一类人的一类现象的深刻认知。鸡鸭之粪与年轻女人的笑在别人看起来纯属风马牛不相及，但经过作者的巧妙调动与联系，就成为对毫无价值的社会现象的讽刺——如果联系当时的时代背景，我们更可以由此感悟到作者"忧世伤生"的爱国主义情怀。语言的俏皮正传达出思想的深刻。

（2）以夸张的手法进行讽刺

鲁迅先生指出："漫画更使人一目了然，所以那最普通的方法是'夸张'，但又不是胡闹。"① 讽刺亦如是。钱钟书对此独有深切的会心，善于以夸张手法进行讽刺。如描写范懿赴宴相亲，为了讨得对方的欢心，修饰得格外卖力：

范小姐今天赴宴擦的颜色，就跟美洲印第安人，上战场的颜色同样胜利地红。

此处夸张又不失实（"不是胡闹"），透过范小姐脸上超常规的胭脂红，使读者洞察到老处女的变态心理。对于她那急于获胜的心态，与作者一起发出讽刺而又不乏理解与同情的笑。

（3）以渊博的学识进行讽刺

钱钟书是文化昆仑，《围城》是学者小说。作者的渊博学识在《围城》中漫溢开来，且这种学识也被作者调动起来用于讽刺。如

---

① 鲁迅：《且介亭杂文二集·漫谈"漫画"》。

描写贪图女色的假道学"哲学家"褚慎明，他一见到苏文纨，竟然是如此神态：

> 大眼珠仿佛哲学家谢林的"绝对观念"，像"手枪里射出的子弹"，险些突破眼眶，迸碎眼镜。

以哲学家的"绝对观念"作比进行讽刺，既与被讽刺者的身份、职业相呼应和契合，也是作者本人对他自己不以为然的"绝对观念"的一种嘲弄。这样的涉笔成趣之处，在《围城》中俯拾即是。

（4）以用典进行讽刺

由于钱钟书是一位学贯中西的大师，所以在他的小说中自觉或不自觉地使用了许多典故，并且在许多时候这些典故也起着讽刺作用。如方鸿渐私买博士文凭，就引经据典为自己的可耻行为辩护：

> 柏拉图《理想国》里就说兵士对敌人，医生对病人，官吏对民众都应该哄骗。圣如孔子，还假装生病，哄走了儒悲；孟子甚至对齐宣王也撒谎装病……

此处连用几个中西典故，来昭示方鸿渐做了卑鄙龌龊的事，而又企图自譬自解的心理。他援引典故之例，最后得出自己买张假文凭哄骗父母，也是"孝子贤婿的承欢养志"的结论，于是不安的心态终获平衡。这里既是对方鸿渐这种与阿Q的精神胜利法相似的心态的嘲讽，同时亦表明方鸿渐尚有稍许廉耻之心，否则就用不着如此自我辩护了。

至于那位伪哲学家褚慎明，他取"慎思明辩"为自己命名，这是以中国典故讥刺他的投机巧滑、浅薄无聊；而他谬托罗素门生，研究数理逻辑，但看见数理逻辑中的a posteriori（"从后果推测前因"）一词，却联想到 posterion（"后臀"），这足以表明这名伪哲学家乃是一个口诵玄理、心系性色之徒。此处借西方哲学命题，对褚慎明卑污的心态予以致命一刺。

（5）以错置时空的手法进行讽刺

钱钟书这位大学问家，对我国古代小说戏曲也极为熟稔，了然于心。《围城》的某些手法也从这些俗文学中受到启迪。《管锥编》曾赞扬《镜花缘》《牡丹亭》中一种奇特的手法：前代人谈论后代的事情，造成"时代错乱"，却达到了"以文游戏，弄笔增趣"[①]的艺术效果。《围城》亦如此，作品中曾这样讥刺高松年不学无术却反而夸夸其谈：

> 物理学会迎新会上，他那时候没有原子弹可讲，只可以呼唤几声相对论，害得隔了大海洋的爱因斯坦右耳发烧，连打喷嚏。

20世纪30年代尚无原子弹，高松年的讲演更不可能传到大洋彼岸使爱因斯坦耳朵发烧；然而这种时空错置，不独使叙述平添了幽默，而且增强了对高松年的讽刺力度。《儒林外史》对于某些讽刺对象，有时并不急于点破，而是隔了一些时日之后再予以揭穿，使读者茅塞顿开，增添了对讽刺对象的厌恶之情。范懿为提高自己的身价，给赵辛楣看作家们给她的赠书，扉页上用英文写

---

① 《管锥编》第4册第1302页。

着："给我亲爱的宝贝，本书作者赠"。隔了几天之后，才由孙柔嘉对此予以点破：此语原系范小姐自己所写，连英文"作者"一词还是孙小姐教给她的呢。这种婉曲的写法，造成了小小的悬念，增强了作品的艺术魅力。

（6）以重复手段进行讽刺

对于人的机械动作的模仿，可令读者或观众产生喜感。无论是木偶对人的模仿或是人对木偶的模仿（有一位女演员以后者获得了成功），都有此种艺术效果。对于人们习以为常的一些事情，如果作者反复描状，刻意凸现，就会使它宛如笨重的机械一样，重复做着一个动作，重复出现一种态势，就会使人产生滑稽感，构成对其本身的一种讽刺。《围城》也运用这种重复手法进行讽刺，并且显得颇为机智与俏皮。鲍小姐在轮船上袒胸露背，招摇过市，作品就屡屡将她比作熟肉店里的形形色色的熟食，"因为只有熟食店会把那许多颜色暖热的肉公开陈列"。又借用西哲中"真理是赤裸裸的"这一格言，将半裸的鲍小姐称为"局部的真理"。作者令这"局部的真理"以"暖热的肉"的形式在读者眼前机械地出现，使读者大倒胃口，并构成对鲍小姐的轻薄与放荡的讽刺。作品写方遯翁将"方府三代祖传之宝"的老钟送给鸿渐，并在不同场合反复强调"这钟很准，每小时只慢七分钟"，令读者不得不对方遯翁的迂腐发出笑声。

（7）将讽刺与其他艺术手段相结合

《围城》的讽刺艺术之所以五色斑斓，蔚为奇观，还在于作者善于将讽刺手法与其他艺术手段结合起来，从而创获了多重审美效应。

a. 将讽刺艺术同心理描写结合起来。

钱钟书在《围城》中大量使用讽刺笔法时，每每先是准确地

捕捉到人物在一定条件下的心理特点和心态活动走向，然后运用自己独特的机智的俏皮的语言予以解剖和展示，使得人物性格本质昭然若揭。李梅亭将鱼肝油当作人丹给孙小姐吃，高松年为了勾搭汪处厚的太太而整治赵辛楣，陆子潇专探他人隐私大做文章，作者都是结合对他们丑恶心态的展示而对他们进行讥刺的。

b. 将讽刺艺术同巧妙的比喻相结合。

钱钟书认为"比喻是文学语言的根本"①。他堪称一位比喻大师。关于他的比喻艺术，我们将在后文详谈；此处仅从他将讽刺与比喻融为一体的角度略谈几句。

钱钟书善于撷取几个初看似乎无关的事物中的隐含的类似之处，进行比喻与映照，给人以新鲜之感，收到了令人神旺的讽刺效应。如描写方鸿渐很不情愿地吻苏文纨时，作者这样写道：

这吻的分量很轻，范围很小，只仿佛清朝官场端茶送客时的把嘴唇抹一抹碗边，或者从前西洋法庭见证人宣誓时的把嘴唇碰一碰《圣经》。至多像那些信女们吻西藏活佛或罗马教皇的大脚趾，一种敬而远之的亲近。

这一连串的比喻，极为生动和贴切，不独构成对方鸿渐此时心理与做派的微温的讽刺，同时亦是对句中所列其他社会现象的冷嘲。

方鸿渐向爱尔兰骗子函购"克莱登大学"博士文凭，经过激烈的讨价还价乃至欺骗蒙混，竟然将价格由 500 美元压至 30 美元。这位爱尔兰人后来知道自己上当受骗，气得咒骂不停，"他红

---

① 《旧文四篇》，上海古籍出版社 1979 年版。

着眼要找中国人打架，这事也许是中国自有外交或订商约以来惟一的胜利。"此处把假文凭交易与国家外交系在一起进行比照，既讽刺了方鸿渐的作伪，又嘲讽了爱尔兰人的愚蠢，又讥刺了中国政府的腐败无能，收到了一石三鸟的效果。再如描写方鸿渐一行人从宁波到金华所乘坐的那辆汽车："这辆车久历风尘，该庆古稀高寿，可是抗战时期，未便退休。机器是没有脾气癖性的，而这辆车倚老卖老，修炼成桀骜不驯、怪僻难测的性格，有时标劲像大官僚，有时别扭像小女郎，汽车夫那些粗人休想驾驭了解。"此处将这辆又老又旧又破的汽车拟人化，以人的性格的桀骜不驯，比喻汽车性能的故障频出，极其生动别致，同时又将官僚、女郎的丑态刺得入骨三分，别有一番对于世相的讽喻意义。《围城》有时还以日常生活现象进行比喻，启人深思。如说"电话是偷懒人的拜访，吝啬人的通信"等。作品这样描写苏小姐：她有一种"孤芳自赏，落落难合的神情——大宴会上没人敷衍的来宾或喜酒席上过时未嫁少女常有的神情"，揭穿了她的自命不凡只不过是假清高的变种而已。作者说高松年"在自己人之间，什么臭架子、坏脾气都可以，笑容越亲密，礼貌越周到，彼此的猜忌或怨恨越深"。对于他的老于世故和阴险虚伪，给予了尖利的讥刺。

c. 将讽刺艺术同议论结合起来。

讽刺艺术不独是对否定性事物现象的描摹，更是对其本质的揭露。而这种对本质的揭露如与议论相结合，则更为奏效。例如，作者在叙述了方鸿渐的出国留学后，发表了这样一段议论。

学国文的人出洋"深造"，听来有些滑稽。事实上，唯有学中国文学的人非到外国留学不可。因为一切其他科目像数学、物理、哲学、心理、经济、法律等等都是从外国灌输进来

的，早已洋气扑鼻；只有国文是国货土产，还需要外国招牌，方可维持地位，正好像中国官吏、商人在本国剥削来的钱要换外汇，才能保持国币的原来价值。

这段议论非常精警、深刻，揭穿了当时社会上崇洋媚外风气的本质之所在。并且这段议论拿到当下，似乎亦不过时，而是恰中腠理。

再如下面这样一段：

辛楣说："……我想这几年高松年地位高了，一个人地位高了，会变得糊涂的。"事实上，一个人的缺点正像猴子的尾巴，猴子蹲在地面的时候，尾巴是看不见的，直到他向树上爬，就把尾部供大众瞻仰，可是这红臀长尾巴本来就有，并非地位爬高了的新标识。

很明显，这段议论不单单是以猴子来比高松年，它更阐释出一种生活哲理，从而对于人生世相给予了投枪匕首般的讥刺。

需要指出的是，上述种种讽刺手法，往往都是多种并容地加以运用，我们分成几类，只不过是为了叙述的方便。例如上述最后一例，既是讽刺与议论的结合，亦是讽刺与比喻的结合。其他各例大多也都可从多种角度进行分析。

（三）精心营造，自然天成
——《围城》的幽默品格

司马长风先生指出："林语堂号称幽默大师，其实他只是提倡幽默的大师，要讲幽默的才能，散文作家当属梁实秋，小说作家则老舍和钱钟书各有千秋。"① 对于此语我们予以首肯。

1. 幽默超脱的人生态度与追求

钱钟书的幽默品格与才能，不独表现在《围城》及其他创作中，也表现在他的人生态度与人生追求上。作为人生态度与人生追求的幽默，钱钟书表现出一种博大的胸襟，他以超越个人和超越功利的眼光审视世界，诚如宗白华先生在《美学与意境》中所言：他是用"一种拈花微笑的态度，同情一切；以一种超越的笑，了解的笑，含泪的笑，惘然的笑，包含一切，以超脱一切，使色色黯然的人生，也罩上一层柔和的金光，觉得人生可爱"。因之，钱钟书的幽默显得宏阔而开朗。他站在昆仑山上，以一个智者的眼光，观察人间世相；以力透纸背的功力，对于生活的丑恶与人生的灰色尽情揭露、肆意嘲弄。当真相毕现之后，又给予理解和宽容。这是一种并非浅薄的乐观主义，这更是一种超迈脱俗的达观，是一种幽默的人生品格。钱钟书夫人杨绛女士在《记钱钟书

---

① 《中国新文学史》下卷，昭明出版社1978年版，第97页。

与〈围城〉》中曾提及钱钟书的"痴气",实际上就是一种天真之气,是天马行空的大精神的别一种表现。"他只要有书可读,别无营求"。正是由于作家本人有了超凡脱俗的精神境界,作品才能禀赋幽默超迈的气韵。杨绛还说:"我觉得《围城》里的人物和情节,都凭他那股子痴气,呵成了真人真事"。这种"痴气"的存在不独使他笔下的人物获得了高于生活真实的艺术真实(方鸿渐本取材于钱钟书的两个亲戚,然而方鸿渐既不是那个"志大才疏,常满腹牢骚"的亲戚,也非那个"狂妄自大,爱自吹自唱"的亲戚,方鸿渐是一个独具个性的、又能体现抗战时期国统区某些知识分子的本质的存在),同时也使他能超越这些灰色的芸芸众生,在否定他们而又理解他们乃至宽容他们的同时,希冀着一个光明世界的存在。"这个时间落伍的计时机无意中对人生包涵的讽刺和感伤,深于一切语言,一切啼笑。"这是全书的结尾,却不是这位文化昆仑对知识分子灰色人生的思索的结束;然而,从中传达出这位文化昆仑对于这种人生终结的希冀也是的确的。他对迟到的钟声的评判,正是一种智者的幽默与超越。

2. 深刻独到的幽默理论

关于幽默的理论,钱钟书除了在一篇随笔散文《说笑》中较为集中地谈及外,其余均散见于他大量的学术札记中,虽未形成完整、系统的理论,但却蕴含着丰富、深刻的见解。

首先,钱钟书认为幽默不能提倡。因为幽默是一种非常自然的现象,"幽默是水做的",就是说它应有如流水那般自然而然。"幽默的笑是最流动、最迅速的表情,从眼睛里泛到口角边"。此处的"流动"与"泛"二词,是极力形容幽默的"自然"属性。正因为"自

然"乃是幽默的特质，所以我们就"不能把笑变为一个固定的，集体的表情"。笑既不能定格（如某些政治家的笑），又不能划一（如被指挥下的笑），那都是伪笑。幽默"一经提倡，自然流露的弄成模仿的，变化不居的弄成刻板的。这种幽默本身就是幽默的资料，这种笑本身就可笑"。因为这样的笑本身即成为一种伪笑，而一切伪的东西都是无价值的，都应被笑声轰毁。钱钟书先生甚至说得更为尖刻："经提倡而产生的幽默，一定是矫揉造作的幽默。这种机械化的笑容，只像骷髅的露齿，算不得活人灵动的姿态。"这种提倡的幽默，完全背离了幽默对于人生的价值与意义，因为"一个真有幽默的人别有会心，欣然独笑，冷然微笑"，是要"替沉闷的人生透一口气"①。幽默乃是要使人生享受或时的自由与轻松。但若是一经提倡，反而变成人生的又一种枷琐。

其次，钱钟书认为幽默与笑有别。幽默固然与笑相伴随，"但是笑未必就表示着幽默。刘继庄《广阳杂记》云：'驴鸣似哭，马嘶如笑。'而马并不以幽默名家，大约因为脸太长的缘故。老实说，一大部分人的笑，也只等于马鸣萧萧，充不得什么幽默。"（钱先生这段话本身也够幽默的）其实，笑也确实有着各种各样的形态与缘由，例如，人可以由于快感而发笑（如身体某个部位受到刺激），可以由于浅薄的笑话而发笑，这些笑，都离幽默远矣。我以为，幽默的笑，必须基于深刻的会心。我们还是再来看看钱先生是如何说的："真正的幽默是能反躬自笑的，它不但对于人生是幽默的看法，它对于幽默本身也是幽默的看法。"②他强调必须要有真幽默，"假幽默像掺了铅的伪币，发出重浊呆木的声音，只能算铅笑。"③而真幽默所发出的笑声应是银笑。

---

① 《说笑》，见《写在人生边上》。
② 同前文。
③ 同前文。

第三，钱钟书认为幽默的本质乃是一种超越感。他在《管锥编》中提出，幽默是对"异而不同，区而有隔，碍而不通"的社会观念的超越，它是一种在社会、心理、意识的"电位差"相当高的事物之间爆发和辉耀的智慧的闪电。因此，钱先生持一种"打通"的观念，以这种打通的眼光，"来观照宇宙万物，于是，你我他，人兽鬼，尊与卑，讽人与自讽无不在他'打通'后的视野之中，构成一个包容性极强的讽刺和幽默世界。"①

钱钟书超凡脱俗的幽默风格，与他的深刻独到的幽默理论有着密切的关联，这在他的散文与小说创作中都有生动的体现，而《围城》更是集大成者。

3. 《围城》幽默举隅

（1）机智而精辟的幽默

《围城》中的幽默是独特的学者式的，满蕴机智，与鲁迅杂文中的幽默有些近似，幽默与讽刺有的结合在一起（所以我们下面的举隅，有的亦可从讽刺角度进行分析）。我们首先来看《围城》中是如何勾勒"买办"张先生的脸谱的：

张先生跟外国人来往惯了，说话有个特征——喜欢中国话里夹无谓的英文字。他并非中文难达的新意，而要借英文来讲，所以他说的嵌的英文字还比不得嘴里嵌的金牙，因为金牙不仅妆点，尚可使用；只好比牙缝里的肉屑，表示饭菜吃得好，此外全无用处。

---

① 王卫平：《东方睿智学人——钱钟书的独特个性与魅力》，河北教育出版社1997年版，第138页。

这就将"买办"以当"买办""洋奴"而自我炫耀的丑恶心态表现得惟妙惟肖，从中透出一种冷隽而又精警的幽默来。

再看《围城》中对大学教衔的嘲弄：

讲师比通房丫头，教授比夫人，副教授呢，等于如夫人。

以家庭中女人地位的差异，解说大学教衔的阶差，真是形象生动、精辟深刻，使人发出"银笑"。还有一段：

教授成为名教授，也有两个阶段：第一是讲义当著作，第二是著作当讲义。好比初学的理发匠先把傻子和穷人的头作为练习本领的试验品，所以讲义在课堂上试用没有乱子，就作为著作出版；出版以后，当然是指定教本。

这里也把教授们的心态剔挖得毫无遮拦：一般教授名气还小，有的水平也不高，难以出版真正的著作，于是只好将讲义充为著作。一旦出了名，出版著作不再犯难，并且也不必再认真备课，直接可以将著作充当讲义。将教授以讲义充作著作与初学的理发匠把傻子和穷人的头作为练习本领的试验品相比，更是奇绝妙绝，将那些时刻预备当名教授的教授的自私、猥琐、精于算计暴露无遗。

（2）语言的幽默

《围城》中的幽默，主要的并不表现在情节幽默和性格幽默，而是语言幽默。这种语言幽默既能使人发"笑"，又颇深沉含蓄。至于这种语言幽默的营造，胡范铸先生规纳为三种形式："变异词

语，插说评议，折绕伸缩"①。

　　我们首先来看变异词语。有一位买办的女儿，其外文名为"Anita"，作者便借谐音而将外文变异为"我你他"，于是这位买办女儿变成"我你他"小姐，于是这位小姐即给人以轻薄之感。有一位小报记者，戴着一副眼镜，硬充饱学之士，作者便用借代手法，用"蓝眼镜"指称这位记者，经过这样一番变异，这位小报记者也就适足成为丑角。孙柔嘉反对方鸿渐与朋友来往，怕他因之而疏远了自己，作者于是将"赔了夫人又折兵"变异成"赔了夫人又折朋"，带有替鸿渐自我解嘲的意味。

　　下面这段文字更是奇妙：

　　英美两国，那时候只想保守中立；中既然不中，立也根本立不住，结果这"中立"变成只求在中国有立足之地，此外全让给日本人。

作者将"中立"这个双音节词拆开之后加以衍生与重组，将英美两国的"中立"表象、寻求在华"利益"的实质，揭露得入木三分，使读者能够以居高临下的姿态对无耻群小发出嘲讽的笑声。

　　有时，作者又把上一句的几个字，在下面作一颠倒，同样达到拆穿表相挖出实质的效果，显得更为简洁明快：

　　好几个拿了介绍信来见的人，履历上写在外国"讲学"多次。高松年自己在欧洲一个小国里读过书，知道往往自以为讲学，听众以为他在学讲——讲不来外国话借此学学。

　　① 《试论钱钟书〈围城〉的语言特色》，《华东师大学报》1982.4.（以下所叙，多系在参考此文基础上的发挥）

这是借众人心态洗净"讲学"者脸上的油彩，露出其"学讲"的真面目。作者的变异词语，已经到了出神入化的境地。

钱钟书不独对词语的组成给以变异，有时还变异词语的感情色调，创获了独特的幽默功效。例如李梅亭"想吊膀子揩油"而不得，却见那欲揩其油的寡妇与男仆在一起调笑，不禁妒火燎胸：

> 李梅亭义愤填胸，背后咕了好一阵："男女有别，尊卑有分。"

若是我们不看上下文，只孤零零地看这一句话，那么李梅亭"咕了好一阵"的这"男女有别，尊卑有分"表明他是一个维护传统与社会秩序的人物，"男女有别，尊卑有分"从中国传统文化观点看来，就具有肯定与褒扬的感情色调。但一联系上下文，此语则恰恰成为对李梅亭本人的自我讥刺。此语的感情色调则变异为否定与贬斥。作者正是通过词语感情色调的变异，让人物自己敞开自己心态的丑恶。

世间有许多不得不作出的假笑、被迫挤出的干笑，人们通常用"皮笑肉不笑"一类词语予以形容，钱钟书则写得独标一格：

> 上司如此幽默，大家奉公尽职，敬笑两声或一声不等。

"奉公尽职"这一肯定色调的词语在此完全变异为否定色调，"敬笑"一语更是作者的创新发明，这种"敬笑"简直令人哭笑不得，最终导致这种"笑"被彻底否定。事实上，这种"奉公尽职"的"敬笑"，正是钱先生所批判的"提倡"的笑，是"一个

固定的、集体的表情"，因之，"这种笑本身就可笑。"①

大词小用，亦能形成喜剧效应。例如以"瞻仰"过"一张半身照"来形容方鸿渐对从未谋过一面的未婚妻的隔膜，就颇有一种幽默之感。这里恐怕还不仅仅是对这位未婚妻的"敬而远之"，亦传达出方鸿渐对这个豪门富户的岳家的敬而不亲的心情。

对固定词语嵌入他字，以对词语作"借词发挥"的形象化解释，亦属变异词语。如那些借国难之机大发横财的权贵政要，却往往唱着"国家至上"的高调。对此作者写道："好哇！国家，国家，国即是家"，于是许多"国"之资产，就跑到他们的"家"里去了，所谓"国家至上"也就变成了"自家至上"。作者又常常将"借词发挥"同转换词义相结合，以达到讽喻的效果，如：

> 高松年身为校长，对学校里三院十系的学问，样样都通——这个"通"就像"火车畅通"，"肠胃通顺"的"通"，几句门面话从耳朵里进去直通到嘴里出来，一点不在脑子里停留。

本来是讲高松年对于学校各系之学问都通晓、懂得、了解，但笔锋一转，这个"通"变成了交通与肠胃的"畅通"，变成了人们彼此之间的阿谀奉承。于是，高松年对各门学问的"通"，也就是极皮相地、极浅薄地知道一点点，其实是根本谈不上"通"的，"一点不在脑子里停留"也就成了高松年对学问的"通"的写真。

其次，《围城》中的幽默同讽刺一样，也往往通过插说补叙式的议论，收到"更上一层楼"的效果。如：

① 《说笑》。

"我要吃西菜，没叫你上这个倒霉馆子呀！做错了事，事后怪人，你们男人的脾气全这样！"鲍小姐说时，好像全世界每个男人的性格都经她实验过的。

作者就着鲍小姐自己的说法进行推论，就其逻辑来看似乎是合理的，但实际上是极其荒谬的，并且这最后的结论又极契合鲍小姐的放荡无羁，从而构成对人物的揶揄。再如：

他在七月四日——大考结束的一天——晚上大请同事，请贴上太太出面，借口是美国国庆，这当然证明他太太是货真价实的美国人。否则她怎会这样念念不忘她的祖国呢？爱国情绪是假冒不出来的，太太的国籍是真的，先生的学籍还会假吗？

韩学愈的太太并非货真价实的美国人，只不过是一个白俄人；韩学愈本人则与方鸿渐一样，是从爱尔兰人那里买来的假博士文凭。方鸿渐离开三闾大学，没了关于他的假文凭的知情人，所以要庆祝一下；但精心选择美国国庆日来庆祝，要以此举证明太太是真正的美国国籍，因而自己的学籍也就是真的了。这是作者将韩的心理活动走向，自身心理推论以评说的方式外在化，使读者对韩的自欺欺人深感厌恶。

有时作者还运用"起跌"的形式予以评说：先提出一种常规的说法，然后立即否定，另提出一种表面上似乎与其相对，但实质上是更显一致的更为准确、更为深刻的说法。如：

假如战争不发生，交涉史公署不撤退，他的官还可以做下去——不，做上去。

即是说，倘若不是发生了战争，他就可以照旧当他的官，也就是说他的官"可以做下去"；但紧接着来了一个否定"不"：难道当不成官了吗？并非如此，官还是要当的，而且会越来越大，"做上去"。本来，在此处，所谓"做下去"是继续做的意思，但作者硬是赋予"下去"在此处并不含有的"越来越低"的含义，再加以反驳，最后赋予"做上去"三字以更为准确的意义：官会越来越大。经过作者如此这般的起跌转合，读者的心理跟着一起一落，刚产生疑窦，又豁然开朗：原来如此！这真可谓康德所言"笑产生于一个忽然化为乌有的期待"和柏格森所提出的制造滑稽的规律之一"圆周运动"的出色结合①。

第三，《围城》还善于以折绕伸缩的句子营造诙谐幽默的风格。有时幽默诙谐还要与含蓄委婉相互依存，句子的折绕伸缩恰可以收到此种效果。请看下例：

> 谁知道从冷盆到咖啡，没有一样东西可口：……除醋以外，面包、牛油、红酒无一不酸。

这个长句的后半部"除……以外，都……"是个否定一部分肯定另一部分的句式。读者初读此句，以为虽然否定了"面包、牛油、红酒"（它们都是酸的，无一可口），但还肯定了一种——"醋"，它是在作者所否定的一系列变酸食物之外的，若是仅从句法逻辑上来理解，这是诚然不错的；但一进入事实领域，马上发现了它的悖谬：因为醋本应是酸的。这样，所有的食物都被否定了，不

---

① 参见柏格森：《笑——论滑稽的意义》之第二章。

该酸的食物全都是酸的，该酸的反而不酸。20 世纪 50 年代有个相声《夜行记》，它说一辆自行车的破旧："除了铃铛不响哪儿都响"，在幽默品格的营造上有异曲同工之妙。不同之处在于，在《围城》中，肯定一部分否定一部分的句式，经过一番折绕伸缩被"装"进了表示全部否定的内容；而在《夜行记》中，则表现得更为简洁与明快。

这种以折绕曲折的语句营造幽默，有时还表现为以正面的希望暗示潜存着反面的可能，如："酒，证明真的不会喝了。希望诗不是真的不会，哲学不是真的不懂"；有时又把一个人一分为二："二人都钦佩他异想天开。李先生恨不能身外化身，拍着自己肩膀，说：'老李，真有你！'所以也不谦虚说：'我知道！'"对这种自己恭维自己的丑恶心态，描摹得形神毕肖。

从总体而言，《围城》的幽默是自然天成的，不是一种矫揉造作的硬充幽默；若是从每一个幽默的具体营造上来看，作者又是很用心的。"清水出芙蓉，天然去雕饰"的背后，所昭示出的正是语言大师的功力。

（四）妙语连珠，美轮美奂

——《围城》的比喻世界

古希腊伟大的哲人亚里士多德说过："比喻是天才标识"①。钱钟书作为一位语言大师、艺术巨匠的标识之一，正表现在他关于比喻理论的建构和具体创作中的比喻运用上。

1. 钱钟书的比喻理论

关于钱钟书的比喻理论，在本书第一章关于钱钟书的生平中已简单提及；这里我们再稍作展开。

在《管锥编》中，钱钟书首创"比喻两柄多边"之说。陈子谦先生认为，这一理论应包括五个方面的内容：一、比喻的两柄；二、比喻的多边；三、比喻的异柄同边；四、比喻的柄同边同；五、比喻的异柄异边②。

（1）比喻的"两柄"

在《管锥编》中，钱钟书是这样阐释他的"比喻两柄"的理论的：

> 同此事物，援为比喻，或以褒，或以贬，或示

① 《修辞学》。

② 陈子谦：《钱学论》，四川文艺出版社 1992 年版，第 558 页。（本小节的叙述，对此书多有参考）

喜，或示恶，词气迥异；修词之学，亟宜拈示。斯多噶派哲人尝曰："万物各有二柄"（Everything has two handles），人手当择所执。刺取其意，合采慎到、韩非"二柄"之称，聊明吾旨，命之"比喻之两柄"可也。

此处之所谓"两柄"就是两个方面的意思。"柄"本指器具的把柄，后来喻指权力，如"国柄""权柄"等。慎到的"两柄"是指"威德"，韩非的"两柄"是指"刑德"，是统治者的统治术的两个不同的方面，或剿，或抚，或大棒，或胡萝卜，两者交相并用，都为统治者的根本利益服务。这也就是说，统治者的统治术既可用杀戮，亦可用赏赐；同一事物，既可用来作恶，亦可用来行善，包括着这样两个对立而又统一的方面。这其中其实是有辩证思维做基础的。古希腊哲人又将这种特点扩展到世间事物。钱先生由此想到，用同一事物来作比喻，亦可收到"或以褒，或以贬，或示喜，或示恶"的不同效果，遂创"比喻之两柄"说。

简言之，这种"比喻之两柄"说其实也即是比喻的"异用"。它有两个方面的含义：一是同一人使用同一比喻而好恶不同，反映客观事物的变化而引发人感情上的变化，所谓"虽爱其朝花而恨其夕落"；二是不同的人使用同一比喻，褒贬大不相同，为人们所熟知的一例就是"使钟表停摆"既可喻女人之极美，又可喻女人之极丑；前者是由于惊喜，后者是由于惊吓。这倒与某些心脏病患者的猝死相类，或由于过度高兴，或由于极度悲伤。

我们再试举出其他一些"比喻之两柄"的实例。

钱钟书说："水中映月之喻常见释书，示不可捉摸也。然而喻道至于水月，乃叹其玄妙，喻浮世于水月，则斥其虚妄，誉与毁

区以别焉"①。前者是褒，是誉；后者是贬，是毁。了然分明，正是比喻两柄。而"'水月'喻之'两柄'，一褒一贬，既是同一个人的抑扬有别，又是不同的人的毁誉异词"②。

《论衡·自纪》说："如衡之平，如鉴之开"；诸葛亮《与人书》写道："吾心如秤，不能为人作轻重"，钱钟书以为，这是用秤来比喻"无成见私心，各如其分"，系"褒誇之词"。《朱子语类》卷16中有句道："这心不正，却如秤一般，未有物时，秤无不平，才把一物在上面，秤便不平了"。钱钟书认为，此处"秤"乃"诮让"之喻，属贬义。或说秤平，或说秤歪，而秤还是那杆秤。这正是所谓"一喻两柄"，不同的人将其用在了褒贬不同甚至根本对立的两个方面。

《老子》六四章写道："合抱之木，生于毫末；九层之台，起于累土；千里之行，始于足下。"钱钟书认为，此"可为立者说法，犹《荀子·劝学》言'积土成山，积水成渊，积跬步以至千里'"，此系"勉督之词"③。但钱钟书又认为，上引老子语又可"为破者说法"，如《左传》《韩非子》所树"防微杜渐"之义（《左传》："无使滋蔓，蔓难图也"；韩非子《喻老》："大必起于小，族必起于少"，意为"慎易以避难，敬细以远大"）。"勉督之词"又变成了"儆戒之词"，典型的"一喻两柄"。

王该《日烛》："假小通大，倪可接俗，助天扬光，号曰'日烛'。"烛光可补助日光，以小通大，故虽小亦荣，显系称许之词。《庄子·逍遥游》："尧让天下于许由曰，'日月出矣，而爝火不息；其于光也，不亦难乎?'"日月在上，微弱之光怎能与之匹敌！

① 《管锥编》第一册《周易》卷论《归妹》。
② 陈子谦：《钱学论》，四川文艺出版社1992年版，第565页。
③ 《管锥编》第二册《老子》卷论"神秋宗之见与蔽"。

名家解读中外文学名著书系

这是蔑弃之词。钱钟书对此写道："庄谓大初无需乎小，如赘可去；王谓小亦有裨于大，虽细勿捐；一喻之两柄也。"[①] 庄子认为大不需要小，王该认为小有益大，两者认识大相径庭，正昭示出"万物各有二柄"的复杂性。钱先生基于此而提出的"比喻之两柄"说不独有助于我们认识前人的文学遗产，而且有助于我们在文学——语言的艺术——的创作中，更好地运用比喻手段。

（2）比喻的"多边"

关于比喻的"多边"，钱钟书这样写道：

> 盖事物一而已，然非一性一能，遂不限于一功一效。取譬者用心或别，着眼因殊，指（denotatum）同而旨（significatum）则异；故一事物之像可以孑立应多，守常处变。

这一段话的意思是说，同一事物，由于其性能与作用并不是单一的，所以虽然物像不变（所谓"孑立，守常"），然而喻意并不相同（所谓"应多、处变"）。这就是比喻的"多边"，即"多变"。

譬如月亮，拿它作比喻的人可以各取所需，有的以之比镜子，有的以之比茶团，有的以之比香饼，有的以之比眼睛，有的以之比面孔，还有的以之比皇后。这样，一喻而有六边，可谓"多变"。此种现象的发生，其原因就是由于同一个比喻被不同的人所运用，其着眼点与意图各有区别。月亮是个唯一者（"孑立"），其性能与功效是"圆"与"明"（"守常"），立喻者根据自己的需要取其某一方面的含义或兼而取之（"处变"）。

---

① 《管锥编》第四册《全晋文》卷论王该《日烛》。

设喻的关键是找出不同事物的相似点。相似点愈多，比喻的边也就愈多。或者说，有多少个相似点，比喻也就有多少个边。找出相似点，亦即钱先生所说"引喻取分"。所谓"分"，就是"不全""不尽"的意思。镜子、茶团、香饼、眼睛、面孔等，都只是"部'分'"地与月相似，取以为喻，都只不过是依据月性的一边。所以钱钟书又指出："一物之体，可面面观，立喻者各取所需，每举一而不及其余"①。若是读者因之而偏执偏信，就大谬不然了。

我们再举出若干"比喻多边"之实例。

《淮南子·原道训》中说："夫镜水之与形接也，不设智故，而方圆曲直勿能逃也。"其意思说，镜水照形，不能巧饰掩盖，那么人之好坏，也就无法隐蔽。这也就是钱先生所说的"物无遁形，善辨美恶"。这是镜喻的第一边，可以表示"洞察"。《诗·柏舟》中有句道："我心非鉴，不可以茹。"《庄子·应帝王》中又说："圣人之用心若镜，不将不迎，应而不藏。"这亦即钱先生所说"物来斯受，不择美恶。"这是镜喻的第二边，表示"涵容"。

《梁书·马仙琕传》中记载高祖慰劳马仙琕，马仙琕甚为感激，说："小人如失主犬，后主饲之，便复为用。"马承认自己是"失主"狗（丧家犬），只要新主人喜欢自己，肯喂养自己，便可随便使唤。这是狗喻之第一边："随新主"。《旧唐书·史宪诚传》记载史宪诚想作乱，对宣慰史韦文恪说："宪诚蕃人，犹狗也，惟能识主，虽被棒打，终不忍离。"这是狗喻之第二边："恋旧主"。或"随新主"，或"恋旧主"，这是相互矛盾的狗性，但两者结合于一则是完整的狗性。但引喻取分，却可只顾及一面，于是有狗

① 《管锥编》第一册《周易》卷论《归妹》。

名家解读中外文学名著书系

喻之两边。

关于比喻的多边，周振甫先生也曾写道："本来讲比喻，只取事物的一点或一边来作比，如'芙蓉如面柳如眉'，只取柳叶的细长来比眉；又如'柳腰'，只取柳条的迎风摇摆来比舞女的腰肢；《世说》把王恭比作'濯濯如春月之柳'，把柳比作青春焕发；《晋书·顾恺之传》说：'蒲柳常质，望秋先零'，比喻早衰。这就是一比喻的四边了。"① 比喻之多边，乃是写作中的常见现象。

2.《围城》的比喻艺术

（1）用广泛的比喻多侧面地表现社会人生世相

《围城》中常用比喻表现时代背景。

如："鸿渐每次见她〔按：孙柔嘉的姑母〕，自卑的心理就像战时物价又高涨一次。"而"物价像断线的风筝，又像得道成仙，平地飞升"。以物价飞涨来比喻人的心理活动，颇为少见，而作者之所以如是为之，乃是由于对这种物价飞涨的深切痛感。后一句说物价像断线风筝，或许不足为奇，但说它"得道成仙"，则是强烈的讽刺了。

《围城》中的比喻，有时宛若给我们打开了一扇观察社会的窗口，使我们准确地观察到正在运行中的形形色色。如："这种抱行政野心的人，最靠不住，捧他上了台，自己未必有多大好处；仿佛洋车夫辛辛苦苦把坐车人拉到了饭店，依然拖着空车吃西北风。别想跟随他进去吃。"官场里钩心斗角、尔虞我诈，朋比为奸、过河拆桥等种种恶形尽现笔底。又将方鸿渐等人在"泥泞路上沾满

① 《诗词例话》，第 243 页，中国青年出版社 1979 年版。

了泥巴的鞋底"之厚之重比为"抵得贪官刮的地皮"。将卖不掉的肥肉的颜色比为"像红人倒运，又冷又黑"。都涉近旨远，暴露出当时的社会人生世相。再看下面这样一段：

> 这车厢仿佛沙丁鱼罐，里面的人紧紧的挤得身体都扁了。可是沙丁鱼的骨头，深藏在自己身里，这些乘客的肘骨膝骨都向旁人的身体里硬嵌。罐装的沙丁鱼条条挺直，这些乘客都蜷曲波折，腰跟腿弯成几何学上有名目的角度。

由于社会腐败与世态炎凉所导致人的异化，就是如此生动地展现在读者面前："无毛两足动物"已经异化得不如沙丁鱼了。

（2）富于创造性地运用比喻

《围城》比喻的最为突出之处就是新鲜奇特，极富创造性，昭示出钱钟书先生不仅是语言大师，而且是比喻大师。

赵辛楣首次与方鸿渐相遇，误以为方是自己的情敌："赵辛楣和鸿渐拉拉手，傲兀地把他从头到脚看一下，好像鸿渐是页一览而尽的大字幼稚园的读本。"把人比作"读本"，已经够新鲜的了；而又是"幼稚园"的"大字"的且是"一览而尽的"，赵辛楣该是何等地轻蔑这个"情敌"啊！然而，这种"轻蔑"只不过是发现了"情敌"之后镇定自己的需要。

"方鸿渐看到唐小姐不笑的时候，脸上还依恋着笑意，像音乐停止后袅袅空中的余音。许多女人会笑得这样甜，但她们的笑容只是面部肌肉柔软操，仿佛有教练在喊口令：'一！'忽然满脸堆笑，'二！'忽然笑不知去向，只余个空脸，像电影开映前的布幕。"将唐小姐的笑与绕梁三日的余音相比，已够独出心裁的了；

而对指挥棒下的笑的描写，更为生动。这也恰是作者反对提倡的幽默的形象化的说明。

作品这样描写方鸿渐给唐晓芙写信时的心情："写好信发出，他总担心这信像支火箭，到落地时，火已熄了，对方收到的只是一段枯炭。"将方鸿渐对他与唐的感情的珍惜、生怕失去的心情比喻得生动形象而又力透纸背。

再如，写方鸿渐与苏文纨的关系："他们俩虽然十分亲密，方鸿渐自信对她的友谊到此为止，好比两条平行的直线，无论彼此距离怎么近，拉得怎么长，终合不拢来成为一体。"写苏文纨与赵辛楣的关系："她跟辛楣的长期认识并不会日积月累地成为恋爱，好比冬季每天的气候罢，你没法把今天的温度加在昨天的上面，好等明天积成个和暖的春日。"此等比喻奇绝妙绝，令人耳目一新。钱先生青少年时代，自然科学学得不好，数学尤差。看他这两段关乎数学与物理学的比喻，可见他理科虽然学得不好，但也算没有白学。

钱钟书用比喻揭示中国封建大家庭儿媳妇地位变迁的轨迹："大家庭里做媳妇的女人，平时吃饭的肚子要小，受气的肚子要大；一有了胎，肚子真大了，那时吃饭的肚子可以放大，受气的肚子可以缩小。这两位奶奶现在的身体像两个吃饱苍蝇的大蜘蛛，都到了显然减少屋子容量的状态。"这事实上构成了对中国传统文化下面的大家庭的人伦关系的批判。

钱钟书还经常引用外国古典以作比喻，例如："对任何人发脾气，都不能够像对太太那样痛快……只有太太像荷马史诗里风神的皮袋，受气的容量最大。"再如，方鸿渐将回国时，自己父亲与岳父都要他取得留学文凭时，"方鸿渐受到两面夹攻，才知道留学文凭的重要。这一张文凭仿佛有亚当夏娃下身那片树叶的功用，

可以遮羞包丑；小小一方纸能把一个人的空疏、寡陋、愚笨都掩盖起来。"真是情趣盎然，使人解颐。

（3）《围城》的比喻手法

《围城》全书共用比喻五百余处，可分为哲理性比喻、意象性比喻、官感性比喻三大类。

哲理性比喻。小说题目《围城》即是一个哲理性比喻。我们在前面对此已经作了较详细的分析。在《围城》中，哲理性比喻所在多有。其实，整部《围城》亦可视为哲理性小说。

意象性比喻。此种比喻并非简单地以一种事物来作比，而是以一段描写所营造的意境来作比。用这种比喻可以揭示人物的深层心理，并且能给人诗美的享受。有学者统计，这类比喻约有30余处①。请看下面这段描写：

> 天空早起了黑云，漏出了疏疏几颗星，风浪像饕餮吞吃的声音，白天的汪洋大海，这时候全消化在更广大的昏夜里。衬了这背景，一个人身心的搅动也缩小以至于无，只心里一团明灭的希望，还未落入渺茫，在广漠澎湃的黑暗深处，一点萤火似的自照着。

方鸿渐回国途中已预感到黑暗的中国社会绝不会给他提供坦途，虽说还未陷于绝望，但希望也很渺茫，但这渺茫的希望却是支持他活下去的唯一力量。恰如"一点萤火似的自照着"。方鸿渐尚不十分明晰的潜意识活动信息，通过这种意象性比喻而得到了很好的传达。

---

① 王宜庭、黄慧芳：《略谈〈围城〉的比喻手法》，《名作欣赏》1983.3。

官感性比喻。钱钟书先生曾提出"通感"说："在日常经验里，视觉、听觉、触觉、嗅觉、味觉往往可以彼此打通或交通，眼、耳、舌、鼻、身各个官能的领域可以不分界限。颜色似乎会有温度，声音似乎会有形象，冷暖似乎会有重量，气味似乎会有锋芒。"① 这就是"感觉挪移"现象，各器官可以互相沟通。这样我们便可以用听觉去比喻视觉，用嗅觉去比喻听觉，用味觉去比喻视觉，……钱钟书在《围城》中，将官感性比喻用于写作实践："方鸿渐看唐小姐不笑的时候，脸上还依恋着笑意，像音乐停止后袅袅空中的余音。"这就是用听觉比喻视觉的典型一例。

（4）《围城》的比喻形式

《围城》运用了多种多样的比喻形式，真可谓五光十色。

明喻。明喻比较容易把握；但要做到令人耳目一新，似乎亦不容易。《围城》中这样写方鸿渐次日要请唐小姐吃饭因而失眠："他那天晚上的睡眠，宛如粳米粉的线条，没有黏性，拉不长。"睡眠与粳米粉可谓风马牛不相及，但两者亦有相似之处：长短之分。作者只取其相似之处，而置其余于不顾，结果方鸿渐的"今夜不能入睡"被高度形象化了。再如："那年春天气候特别好，这春气鼓动得人心像婴孩出齿时的牙龈肉，受到一种生机透芽的痛痒"，这种明喻就把春色撩人的感觉具体化了。

曲喻。曲喻要比一般的比喻多转一两个弯，既要奇特，又不能晦涩。如："李先生皱了眉头正有嘱咐，这汽车头轰隆隆掀动了好一会，突然鼓足了气开发，李先生头一晃，所说的话仿佛有手一把从他嘴巴夺过去半空中扔了，孙小姐侧着耳朵全没听到。"话是有声无形的，岂能被抓住扔掉！此处先把属于听觉的"话"比

---

① 《通感》，《旧文四篇》第 52 页。

作了有触觉的实物（其实这就是运用"通感"），再说仿佛有手把它扔掉，因而孙小姐什么也没听见。这就拐了一个弯，是为曲喻。

博喻。钱钟书非常欣赏苏轼诗歌中的"博喻"，认为这与莎士比亚式的比喻是一样的。所谓"博喻"，就是一连串地用五花八门的形象来表达一件事物的一个方面或一种状态，"仿佛是采用了旧小说里讲的'车轮战法'，连一接二的搞得那件事物应接不暇，本相毕见，降伏在诗人的笔下"（《宋诗选注》）。请看对方鸿渐鼾声的描写：

> 假使真灌成片子，那声气哗啦哗啦，又像风涛澎湃，又像狼吞虎咽，中间还夹着一丝又尖又细的声音，忽高忽低，袅袅不绝。有时这一条丝高上去、高上去，细得、细得像放足的风筝线要断了，不知怎么像过一个峰尖，又降落安稳下来。

此段用了四个喻体（"哗啦哗啦""风涛澎湃""狼吞虎咽""风筝线"）来说明一个本体，穷尽了方鸿渐的打鼾之声。再如描写方鸿渐家乡的民风民俗："铁的硬，豆腐的淡而无味，轿子的容量狭小，还加上泥土气。"此种博喻就将一个江南小县的风俗具体化、质感化了。作者有时还用博喻昭示某一事物的演化，如：

> 鸿渐想同船那批法国警察，都是乡下人初出门，没一个不寒碜可怜。曾几何时，适才看见的一个个已经着色放大了。本来苍白的脸色现在红得像生牛肉，两眼里新织满红丝，肚子肥凸得像青蛙在鼓气，法国

人在国际上的绰号是"虾蟆",真正名副其实,可惊的是添了一团凶横的兽相。上海这地方比得上希腊神话里的魔女岛,好好一个人来了就会变成畜生。

用一系列比喻,将原来是贫苦人的法国警察的堕落过程暴露得淋漓尽致。

(5)《围城》中比喻与其他辞格的结合

比喻与夸张结合。《围城》中常将比喻与夸张结合起来运用。如:"这是辆病车,正害疟疾,走的时候,门窗无不发抖,坐在车梢的人更给它震动得骨节松脱、腑脏颠倒,方才吃的粳米饭仿佛在胃里玲琮跳碰,有如赌场中碗里的骰子。"此处将米饭在胃里的跳碰比为赌场中碗里的骰子既是比喻,又是夸张,精妙地传达出人们在那辆极力颠簸的破车里的生理与心理感受。又如方老先生很不属意苏小姐,"好像苏小姐是砖石一类的硬东西,非鸵鸟或者火鸡的胃消化不掉的。"苏小姐孤傲僵硬,在方老先生看来,鸿渐驾驭不了她。但将她比为砖石,显系夸张。再如:"只听得阿丑半楼梯就尖声嚷痛,厉而长像特别快车经过小站不停时的气笛,跟着号啕大哭。""桌面就像《儒林外史》里范进给胡屠户打了耳光的脸,刮得下斤把猪油。"都是比喻与夸张的巧妙结合。

比喻与比拟结合。方鸿渐等人从宁波到溪口的路上曾遇雨。请先看作者对天已微雨的描写:

一会儿,雨点密起来,可是还不像下雨,只仿佛许多小珠在半空里顽皮,滚着跳着,顽皮得够了,然后趁势落地。……这雨愈下愈老成,水点贯串作丝,

河面上像出了痘，无数麻瘢似的水涡，随生随灭，息
息不停，到雨线更密，又仿佛光滑的水面上在长毛。

再看天下大雨的情景：

> 天仿佛听见了这句话，半空里轰隆隆一声回答，
> 像天官的地板上滚着几十面铜鼓。……大地像蒸笼揭
> 去了盖。雨跟着来了，清凉畅快，不比上午的雨只仿
> 佛郁热出来的汗。雨愈下愈大，宛如水点要抢着下地，
> 等不及排行分列，我挤了你，你挨了我，合成整块的
> 冷水，没头没脑浇下来。

此二处将比喻与拟人辞格融于一体，雨被拟人化了，作者用了将
近20个人惯用动作的动词，并给雨赋予了人的思想感情。

比喻与对仗结合。方鸿渐等人到了吉安，欲取汇款，苦无证
明，到"妇女协会"去碰运气，结果无人接待。正在绝望之际，
"妇女协会"一位女同志来了：

> 那女同志跟他的男朋友宛如诗人"尽日觅不得，有时
> 不自来"的妙句。

此处将对仗的古诗诗句用作比喻，表现出方鸿渐等人绝望之际突
然获救时喜不自胜的心情。

用俗语、谚语作比。请看对于方鸿渐的这段描写：

昨天给情人甩了，今天给丈人撵了，失恋继以失业，失恋以致失业，真是撵了仰天交还会跌破鼻子！……周家一天也不能住了，只有回到父亲母亲那儿挤几天再说，像在外面挨了打的狗夹着尾巴窜回家。

此处用了两句俗语，将方鸿渐的倒运与狼狈活画出来。再如："烤山薯这东西，本来像中国谚语里的私情男女，'偷着不如偷不着'，香味比滋味好。"此处用谚语作比，表现出方鸿渐渴望充饥的心情。

总之，《围城》为我们提供了一个宽广而精湛的比喻世界，令我们反复咀嚼，流连忘返。

七、渊源西方　比翼东方

——中外文学比较世界中的《围城》

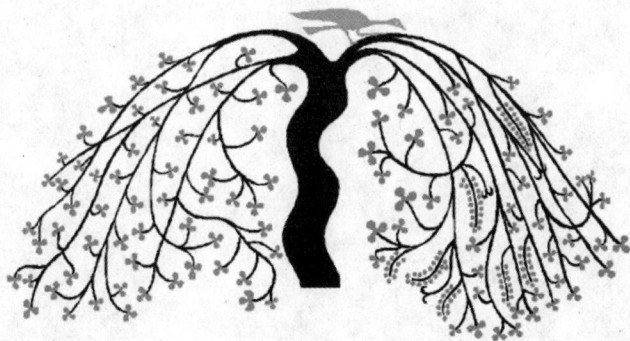

前文说过，《围城》很类似于西方的流浪汉小说，其实，《围城》所取法的西方文学可谓多矣，甚至许多妙喻亦出自西方文化与文学。就性质最为相近而言，当是 18 世纪英国小说家亨利·菲尔丁的代表作之———《弃儿汤姆·琼斯的历史》。

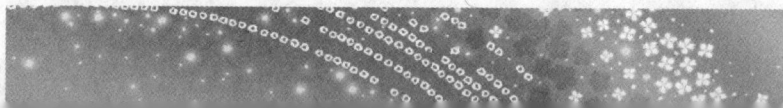

（一）流浪经历，串连小说

——《围城》与《弃儿汤姆·琼斯的历史》之比较

亨利·菲尔丁（1707—1754）是18世纪欧洲最杰出的现实主义作家之一。与钱钟书不同，他出生于一个贫困的破落贵族之家，大学都未能读完。30岁以前，主要从事编剧工作，写有25个喜剧、笑剧和小歌剧，对英国统治阶级进行了尖锐的讽刺。18世纪40年代初开始致力于小说创作，写有4部长篇：《约瑟·安德鲁传》《大伟人江奈生·魏尔德传》《弃儿汤姆·琼斯的历史》《阿米莉亚》，其中最优秀者还是《弃儿汤姆·琼斯的历史》。

菲尔丁的小说结构严谨，情节曲折，语言富有机趣，尤其是他的讽刺，深刻、准确、入骨三分，因此而享有盛名。他是个天才的讽刺家、幽默家（高尔基称他为"卓越的幽默家"）。钱钟书亦如是。这是两人的第一点相似之处。其次，尽管菲尔丁并非科班出身的学者，但亦饱览群书，所以创作小说时也喜欢——往好听说是引经据典，不好听说是掉书袋。在这方面，两位作家也是相似的。

就两部作品而言，其相似之处首先表现在作品的主旨都在于揭露人性的丑恶。《弃儿汤姆·琼斯的历史》讲述汤姆·琼斯和他的恋人苏菲亚·魏斯登被迫分别出走后的种种遭遇，展示了英国18世纪中叶城乡的广阔生活画面，塑造了许多典型人物，包括：横行乡里的劣绅，人面兽心的贵族，以发财为人生第一要义的冒险家，表里不一、虚伪透顶的牧师，装腔作势、不学无术的"学

者"，暴虐凶残的军官等。这里面绝少真诚善良之辈，大多是人性丑恶的符号。包括汤姆，也曾变心和堕落。若是说有例外，那就是苏菲亚：富有朝气、宽容大度、品格高尚，几乎成为作品的唯一亮点。《围城》更是如此：作者在序文中既已声言，他写的是"无毛两足动物"。《围城》中的人物虽说不能全部予以彻底否定，有的身上尚有一些肯定性因子（如方鸿渐、赵辛楣等），但他们毕竟身上缺点甚多，都是一些散发着迂腐之气甚或夹杂着某些秽气的人物，很难让人爱得起来。至于李梅亭、高松年之流，则是浑身腐恶、浑身秽气，俨如粪窖中人。与《弃儿汤姆·琼斯的历史》还有一点极为相似：作品中也安排了一位招人怜爱的女性——唐晓芙，尽管她还不像苏菲亚那样光彩夺目，但其清纯、雅洁的形象，毕竟可以使人从泥潭中透一口气。

其次，两书的叙述语调亦不知是暗合还是效法，总之是相似的。菲尔丁在《弃儿汤姆·琼斯的历史》的第八卷之第一章向文艺女神呼吁，希望女神能使自己亦具备亚里士多德、塞万提斯、拉伯雷、莫里哀、莎士比亚、斯威夫特等的幽默天赋，让本书充溢幽默。这确实做到了。钱钟书对这几位作家也是心向往之的，他们的创作可谓钱钟书幽默品格的重要源头之一。两书都是以讽刺幽默笔调写的，这种叙述语调不独相似，而且有着同源关系。但两者亦有不同：菲尔丁性喜讽刺，但并不悲观。另外，他有时也能从幽默改为严肃。如在第18卷中，作者即如是为之，使奸邪终于败北，让佳偶最后成双，颇有曲终奏雅之风。钱钟书则不然：《围城》前七章戏谑连篇，极尽冷嘲热讽之能事，为我们上演着颇富现代风的喜剧。但从第八章起，则渐多悲凉之气，虽不时仍让读者发出笑声，但整体的悲哀氛围已笼罩四野。《围城》并非曲终奏雅而是曲终奏悲。《围城》亦由喜剧而变为悲喜剧。

再次，从体裁而言，两者都是流浪汉小说。这种小说一般不讲究结构，而是随着主人公的漂泊流浪来叙述，甚至像主人公的游历纪程。《围城》与《弃儿汤姆·琼斯的历史》在这一点上几近一致。但同中有异：《弃儿汤姆·琼斯的历史》于无结构中又显出有结构，全书18卷可分为三：第一部从汤姆出生讲述到他被驱逐；第二部写他从故乡到伦敦的漂泊途中的种种；第三部叙述他在伦敦的经历及最终获胜。书中事件繁复、人物众多，乍看去，人物与事件均像顺手带出，事实上却都是精心安排的"巧遇"与"埋伏"，匠痕累累，有违自然。《围城》结构则更为简化，仅是将方鸿渐回国后两年里面所经历的种种，依着顺序讲出，极少机巧与曲折。并且所发生之事，几乎都为寻常之事，毫无传奇色彩。散漫而又简单的结构，使得作品所写更贴近现实的人生。

第四，菲尔丁与钱钟书处理题材的手腕都异常高妙，善于化腐朽为神奇，写极丑的东西却能给人以甚美的精神享受。菲尔丁曾指出，王公大人席上的牛肉和里巷穷人桌上的牛肉可能同出于一牛之身，然而前者能叫毫无胃口的人动起食欲，后者却能叫食欲旺盛的人大倒胃口，其原因就在于调味、加料和烹制的手法不同。他将此引申到文学创作上来："同样的，精神食物的精美与否，关系于题材的比较，关系于作家的艺术手腕的为少。"菲尔丁大写丑恶的题材，却能给人以审美享受，其原因即在于此：他有高超的加工功夫。其实，我们还可以举出一个更为浅近的例子：蝎子、毒蛇，均可谓丑恶之至，但经过精心加工后都可成为美食。钱钟书完全接受了菲尔丁的观点，不独在《围城》中极尽人性之丑恶，而且大写鼾声、狐臭、跳蚤、饥饿、梦魇、喉核、厕所等许多令人恶心或不快之物、之事，但却令读者读之每每喷饭，创获了喜剧效果。

第五，两书都饶有诗趣和大量的比喻。一部作品，倘若通篇都是对丑恶的展示与批判，尽管可以化腐朽为神奇，让人们获得喜剧的审美享受，但却很难使人感到高雅与温馨。所以两位作家不独在书中为我们安排了两位另类（与书中其他人物相比）女性，并且"尽量利用机会，把各种的明比、描写文，以及其他诗的文饰，散入全书"（《弃儿姆·琼斯的历史》第四卷第一章中的作者自白）。企图以此来冲淡由于题材的过于丑恶而带来的负面影响。《弃儿汤姆·琼斯的历史》确实如是为之，钱钟书亦不折不扣地效法实行。《围城》中有十段风景描写，比较均匀地分布于全书中，就起到了缓冲我们的情感的作用。还有许多零碎描写，起的也是同样作用，如：

> 鸿渐昨晚没睡好，今天又累了，邻室虽然弦歌交作，睡眠漆黑一团，当头罩下来，他一忽睡到天明，觉得身体里纤屑蜷伏的疲倦，都给睡眠熨平了，像衣服上的皱纹折痕经过烙印一样。

方鸿渐在丑恶中生活一天，他累了，他休息了；而我们也目睹了一天的种种丑恶的倦眼，也得到了"稍息"。

上例最后一句话是所谓的明喻。《围城》中大量比喻的存在是与《弃儿汤姆·琼斯的历史》完全一样的，并且也有同源关系：都是从荷马史诗学来的。荷马史诗比喻有一个特点，就是比喻本身成为作者表达的主体，它不仅独立存在，有时甚至能够喧宾夺主、反客为主。请看这段描述：

> 鸿渐嘴里机械地说着，心里仿佛黑牢里的禁锢者

在摸索一根火柴，刚划亮，火柴就熄了，眼前后看清的一片又滑回黑暗里。譬如黑夜里两条船相近擦过，一个在这条船上，瞥见对面船舱的灯光里正是自己梦寐不忘的脸，没来得及叫唤，彼此早距离远了。

此处给读者留下清晰而深刻的印象的是比喻本身，至于比的是什么，反而模糊了，甚至想也不要想了。前面我们说过，《围城》建构了一个比喻世界；可以这样说，这个比喻世界构成了《围城》艺术世界的主要部分。倘若这个比喻世界不存在，《围城》也几乎没有什么意义了。

（二）人生荒凉，心理孤独

——《围城》与西方现代主义作家作品

　　《围城》的西方文化艺术渊源绝非仅是流浪汉小说，西方现代主义作家作品就是另一重要的源头。

　　西方现代主义文学形成于 19 世纪末至 20 世纪初年，其总的思想特征是表现个人与社会、个人与他人乃至个人与物质及自然之间的扭曲、对立的关系。在艺术描写上，它不像现实主义艺术那样重视塑造典型环境中的典型人物，而是直逼人物的心理，尤致力于变态（病态）心理的描写。

　　例如，西方现代派文学大师卡夫卡的《变形记》《乡间的婚礼筹备》《判决》等作品于无限的苦恼和焦灼之中，流露出许多消极乃至颓废情绪。在《变形记》中，人与环境空前对立，人最后被环境异化成一只无人理睬的甲虫。卡夫卡还曾将人生道路比喻为一个圆心，按照一条半径作圆周运动，其结果自然是起点即为终点，不断地回到原来的地方，又不断地从原来的地方重新起跑。[①] 鲁迅《在酒楼上》中的吕纬甫，也讲过类似的现象，他对"我"说道："我在少年时，看见蜂子或蝇子停在一个地方，给什么来一吓，即刻飞去了，但是飞了一个小圈子，便又回来停在原地点，便以为这实在很可笑、也可怜。可不料现在我自己也飞回来了，不过绕了一点小圈子。又不料你也回来了，你不能飞得更

---

　　① 　克劳斯·瓦根巴哈：《卡夫卡》第 130 页，罗沃尔特袖珍出版社。转引自王卫平：《东方睿知学人》第 229 页。

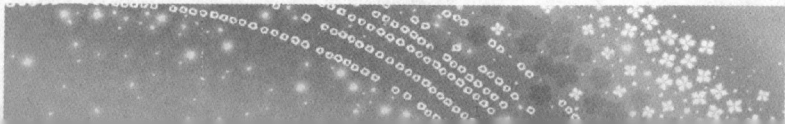

远些么?"其实,这也是对现代人的"围城"困境及其普遍性的另一种表达方式。《围城》中所写的人物,也正是他们在与环境抗争中而毫无出路的苦恼与焦灼。方鸿渐在南中国绕了一个圈,最后还是回到出发点,依然一无所有。他甚至走出国门,到西欧绕了一个圈儿,除了一纸假文凭,也是一无所有。《围城》中这种对于人生的虚无与荒凉的表现,正源自西方现代作家作品。

夏志清先生在《中国现代小说史》中曾提出《围城》"是一部探讨人的孤立和彼此间无法沟通的小说"。在《围城》中,无论是家族、亲友,抑或同僚、同事,甚至在最为密切的情人、夫妻之间,都是彼此隔膜、互不相通,一个个有如刺猬,蜷成一团,彼此防范着。方鸿渐与孙柔嘉之间正是如此。他们结婚后,吵架不断,宛如日本地震,时时发生。正如方鸿渐自己所感喟的:"心灵也仿佛一个无凑畔的孤岛。"他事实上将这一点扩及到整个人世间来进行思索:"天生人是教他们孤独的,一个个该各归各,老死不相往来"。而关于孤独的生命体验,也正是西方现代派文学艺术的表现主旨之一。尼采哲学是西方现代派文学艺术的理论基础之一,而尼采就被称为"一只孤独的狼"(鲁迅的《孤独者》中也曾出现了"孤独的狼"这一意象:这是鲁迅受尼采哲学以及西方现代派文学影响的表征之一)。而卡夫卡、乔伊斯、普鲁斯特、萨特等西方现代派文学大师的作品中,无一不在倾诉着孤独。卡夫卡在 1922 年 12 月 11 日致勃罗德的信中就明确写道:"实际上孤独是我的惟一目标,是对我的巨大诱惑。"格里高尔——孤独的大甲虫这一形象或者说意象,正是因之而得以孕育、诞生。

诚然,《围城》还具有其他一些现代主义文学质素,如世界的荒谬感,等等。无论何种质素,均非空穴来风,均是钱钟书曾长期浸润于西方现代主义思潮与文学的结果(钱氏曾"横扫"尼采、叔本华、柏格森、弗洛伊德的著述及各现代派大师的创作)。

（三）"精神胜利"，"围城"现象
——《阿Q正传》与《围城》

　　鲁迅的《阿Q正传》与钱钟书的《围城》均已成为世界文学之林中的嘉木，为各国读者所广泛接受。其原因固然很多，但是两作都写出了为全人类所共有的东西，不能不说是最重要的原因之一。

　　鲁迅塑造的阿Q是一个综合型的多侧面的复杂的典型形象，"精神胜利法"则是其性格主导方面，这一点则毋庸置疑。而所谓"精神胜利法"人们已耳熟能详，此处无须多说；我们仅就其生成原因及本质略说几句。

　　"精神胜利法"是一种心理自卫机制，即用自己制造的幻象（或说精神上的胜利），来对抗现实生活中的失败引起的烦恼与不快，以获得安慰和惬意。这种心理现象在表面上看起来，是对现实的无能为力，实际上包孕着内心深处的不满和抗议，是不甘心于失败、摆脱失败的心理表现。正如恩格斯所说："在各阶级中，必然有一些人，他们既然对物质上的解放感到绝望，就去追寻精神上的解放来代替，就去追寻思想上的安慰，以摆脱完全的绝望处境。"[1]事实上，他们只是在想象或幻觉中，充分发挥自己的能动作用，进入了自由王国。简言之，人在主观（或说心理）上要求充分发挥自己能动作用的愿望，和在实际上这种愿望经常不能实现的矛盾，使得人们普遍地有时需要精神上的胜利，只不过在

---

[1]　《布鲁诺·鲍威尔和早期基督教》，《马克思恩格斯全集》第19卷第334页。

大多数人身上，这是或然的表现，并且往往是实际胜利的前导；而在不正常人的身上，这种精神胜利法居于统治地位。尽管有这种区别，但每一个人都有这样的心理欲求：要充分发挥自己的主观能动作用，以使自己的生命感到满足和充实。而这是全人类中的每一个人都有的心理特点，因此，精神胜利法也就是全人类所共有的人性之一种。事实上，许多外国作家也都塑造过类似阿Q这样的具有精神胜利法心理活动特点的人物，如俄国作家陀思妥耶夫斯基《两重人格》中的高略德金，法国作家萨特《恶心》中的洛根丁，英国作家莎士比亚《亨利四世》《温莎的风流娘儿们》中的福斯泰夫，爱尔兰作家乔伊斯《尤利西斯》中的布卢姆，意大利作家卜伽丘《十日谈》中的卡拉特林，日本作家濑户内晴美《远声——大逆事件》中的古河力作，古希腊伊索寓言《狐狸和葡萄》中的"狐狸"，西班牙作家塞万提斯《堂·吉诃德》中的堂·吉诃德，挪威作家易卜生《国民公敌》中的斯多克芒，美国作家海明威《老人与海》中的老桑提亚哥等。他们都是具有阿Q相的人物，但都不如阿Q典型。"阿Q"成了人类普遍存在着的精神胜利心理活动的代名词。

同样，《围城》也写出了全人类共有的人性之一种——"围城"现象。这种"围城"现象虽说最初源于英国和法国的俗语或成语，但从欧美文化的统一性着眼，我们可以说它是西方世界普遍存在的一种人间世相。如今钱钟书也在东方这个泱泱大国——中国——发现、发掘了此种现象，昭示出这种现象的普遍性。事实上，人的内心世界永不平安，总是有所追求，总是希望得到追求实现之后的快乐。但且不说由于种种原因，人的许多追求无法实现，即便实现了，这种快乐也往往十分短暂。连歌德这样伟大的哲人都说自己快乐的时光一年不足一月，更何况芸芸众生、平

头百姓？更主要的，是人们在追求得到实现之后，往往发现所实现了的追求与自己所向往的相差甚远，于是又想从中跳出，也就是进去了又要出来；接着又有了新的追求和追求不能实现的烦恼及追求业已实现之后的烦恼。这就是"围城"现象，是人类存在一天就必然要存在一天的人性的弱点或特点。倘若说方鸿渐的"围城"始终还是以个人为中心，那么许多最优秀的人的追求是以社会为中心的，但他们也未能摆脱这种"围城"现象。如前苏联著名作家雷巴柯夫（《阿尔巴特街的儿女们》的作者）一生反对斯大林的极权主义，追求带有西方色彩的自由与民主，但苏联解体之后，他直面广大劳动人民的困境，又开始猛烈抨击叶利钦政权。这是一种典型的进了城之后又要求出城的现象。这固然是由于人类社会发展进程的复杂，但也是由于人性的复杂：人类社会的复杂与人性的复杂本来也是胶着于一、互为因果的。

倘若说"精神胜利法"是写人的现实追求失败之后不得不靠精神胜利来进行心理平衡，那么"围城"现象则进一步揭示了人的现实追求即便实现之后仍是苦恼与烦闷。我们不妨将"围城"现象看作对"精神胜利法"的补充：它们都写尽了人的内心深处永不平安，写出了人生的无尽苦闷——这种苦闷无法依靠物质手段来开释，精神的苦闷还只能依靠精神的胜利来解决——然而事实上又什么也未能解决。这就是我们的人生，这就是人类的人性。由于《阿Q正传》与《围城》对于人性的伟大发现与深刻表现，所以它们都成为不朽的世界名作。当然，两者也有不同："精神胜利法"确为鲁迅在中国的独特发现而最后为许多民族所认同，而"围城"现象是作者借西方文化来解读中国人性。前者是放射型的发现，后者是接受型的发现：前者是由中国而世界，后者是由西方而东方。所以可说二者"比翼东方"。

八、曲曲折折　终成丰碑

——关于《围城》的接受与传播

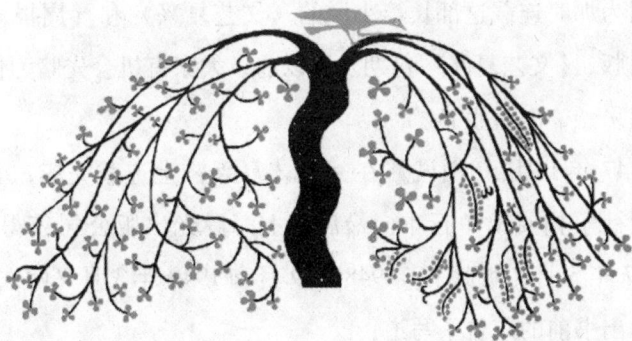

前面说过，《围城》系 1944 年动笔，1946 年完稿。其实，早在《围城》竣稿之前，钱先生创作《围城》之消息业已被报刊披露：1945 年 10 月 3 日，柯灵就在他主编的上海《文汇报·世纪风》中刊出一条消息："钱钟书先生近方创作长篇小说《围城》，已经成其十至六七。"《围城》公开发表，则是四个半月之后的事了。

1946 年 2 月 25 日，《围城》开始在上海《文艺复兴》杂志第一卷第二期起（郑振铎、李健吾主编）连载。李健吾先生在该期"编余"中写道：

> 可喜的是，我们有荣誉（幸）连续刊载两部风格不同然而造诣相同的长篇小说，……李广田先生的诗和散文，有口皆碑；钱钟书先生学贯中西，载誉仕林。他们第一次从事于长篇制作，我们欣喜首先能以向读者介绍。

此处所说的两部长篇，一是李广田的《引力》，另一即是钱钟书的《围城》。《围城》刚一面世，即引起读者广泛欢迎，人们争先传看，一睹为快。柯灵先生曾这样回忆道："《围城》最初是读手稿，因为那时连载这部长篇小说的《文艺复兴》和《周报》同在一处出版，《文艺复兴》每期发稿以前，大家有机会先睹为快，读得兴高采烈，满室生春。"

1947 年 1 月，《围城》在《文艺复兴》上连载完毕，上海许多出版社争相要出单行本。最后，上海晨光出版公司获得殊荣，于 1947 年 5 月初版此书，1948 年 9 月和 1949 年 3 月又两次再版。

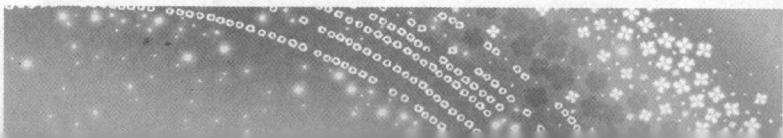

初版本出书前的广告中写道：

（《围城》）人物和对话的生动，心理描写的细腻，人情世态观察的深刻，由作者那支特具清新辛辣的文笔，写得饱满而妥当。零星片段充满了机智和幽默，而整篇小说的气氛却悲凉而又愤郁。

这个评价应该说是准确的。

然而，虽说钱钟书在《围城》中"以光芒四射、才情横溢的笔墨，震惊了读者，震惊了像他一样正在从事小说创作的同行"①，但当时沪港两地文艺界中人对《围城》的评价却颇不一致，甚至产生了激烈的论争。一方面好评如潮，另一方面也有不少左派人士对《围城》的思想与艺术进行了全面攻击。如 1948 年 2 月 25 日横眉社初版的《横眉小辑》中的《论香粉铺之类》、1948 年 4 月 20 日出版的《同代人文艺丛刊》创刊号上登载的张羽撰写的《从〈围城〉看钱钟书》等文，认为从《围城》"看不到人生"，甚至将《围城》与专写三角恋爱小说的张资平的作品相提并论，说《围城》"是一幅有美皆致无美不备的春宫图"；"是一剂外包糖衣内含毒素的滋阴补肾丸"，"抓住不甚动荡的社会的一角材料，来写出几个争风吃醋的小场面"。之所以发生这种荒唐可笑的批评，主要是因为《围城》诞生于 40 年代中期，那时毛泽东《在延安文艺座谈会上的讲话》已发表几年，写工农兵的文艺方针被左派奉为圭臬，文艺作品要给人以光明和鼓舞是左派人士衡量文艺作品的重要标尺，在这方面，《围城》显然是个另

① 唐弢：《西方影响与民族风格·40 年代中期的上海文学》，北京人民出版社 1989 年版（转引自陈子善：《关于〈围城〉的若干史实》，《写在钱钟书边上》）。

类。另外，钱钟书是位学者，文学创作并非他的主业，他在文艺界绝少左派朋友，没有左派朋友起而为他辩护，这就使得《围城》这部作品在中华人民共和国成立之后仍长时期备受冷落。但《围城》在国外却不乏知音。尤其是 1961 年出版的美籍华人著名学者夏志清的《中国现代小说史》，对《围城》推崇备至，以至在海外掀起了"《围城》热"。有些评论家甚至认为，《围城》可与鲁迅的《阿Q正传》、茅盾的《子夜》相媲美。这种情况最后终于引起了国内的反响，1980 年，我国文学书籍出版社中的"大哥大"——人民文学出版社——重印《围城》，至 1987 年共印 5 次，累计印数达 273200 册。

后来，复旦大学国际政治系的一位研究生屠传德创作了《围城》的电影文学剧本。因电影 90 分钟容量太小，不能囊括原作之全部精华，便在孙雄飞的建议下改编成电视连续剧剧本。他们就此征求钱钟书的意见。一开始，钱钟书对此表示怀疑，他在 1986 年 12 月 16 日致编剧之一的孙雄飞的信中指出："拙作和荧光幕实不相宜。"应当说，这并非谦虚：像《围城》这样的以心理描写见长，以巧妙的讽喻取胜的小说，是不适于改编成舞台剧或影视作品的。鲁迅生前一直反对把《阿Q正传》搬上舞台，其原因也正在此：那样做的结果只会剩下外在的滑稽。高尔基也曾反对把陀思妥耶夫斯基的某些作品搬上舞台，因为在作品中表现的思想是深刻的，人物的心理是复杂的，"在舞台上，作者的思想表现得不像作出某种姿势那样令人一目了然，陀思妥耶夫斯基的小说被光秃秃地删节干净之后，就会彻头彻尾地变成一种神经质的痉挛。"① 陀思妥耶夫斯基本人对此也有清醒的认识，他在《给奥勃

① 《论"卡拉马佐夫气质"》，《论文学》续集第 182 页。

兰斯卡娅的信（1872）》中说："关于您想利用我的小说（《罪与罚》）编一个剧本的意图，那末，我当然完全同意，而且我早已给自己立了一条守则——永不阻碍这类尝试；但我不得不告诉您，类似的尝试几乎总是不成功的，至少不是完全成功。"后来，钱钟书对将《围城》改编成电视剧，也采取了与陀思妥耶夫斯基相似的态度，他在给屠传德的信中写道："看来剧作家要编剧，正像'天要落雨，娘要嫁人'，也是没法儿阻止的。"同时明确表示，对这种改编工作，"不支持，但也不拦阻。"与陀思妥耶夫斯基不同的是，他并没有预言这种改编会不成功或不完全成功。最后，他事实上是转而支持这种改编工作了，一再感谢编导对《围城》的"器重"，谦逊地请编导在改编时"点铁成金""琢璞成玉"。这已经是寄予希望了。

就这样，在对待将自己的作品改编为另一种艺术门类（戏剧与影视）的态度上，钱钟书由与鲁迅、陀思妥耶夫斯基相似而转向了相左。甚至在导演黄蜀芹感到有难度时，他再三予以鼓励："你是导演，导演是新作者。莎士比亚的剧可以改。Auteurism可以信赖，我可以沾光。"并面授机宜："照你的媒介物所需要，完全可以进行处理，我的学究气和时髦做你的后盾。媒介物决定内容。把杜甫诗变成画，用颜色、线条，杜诗是素材，画是成品。这是素材和成品、内容与成品的关系。这一层一层关系，想通这个道理就好了，你的手就放开了。"钱先生这样关心《围城》的改编，如此的投入，显然与他的不支持但也不拦阻的初衷相违。

钱钟书对于电视剧给予了甚高的评价。1990年9月16日，钱钟书致信孙雄飞，说道："知兄与蜀芹女士及诸同人合构有成，载誉沪上，不负苦心努力，弟亦沾光不小。感愧之至！"10月10日又致信黄蜀芹："录像带已与适自英国归来之小女，费半夜与半

日，一气看完，愚夫妇及小女皆佩剪裁得法，表演传神，苏小姐、高校长、方鸿渐、孙小姐、汪太太等角色甚佳，其他角色也配合得宜。此出导演之力，总其大成。佩服佩服！"喜悦之情溢于言表。

总之，电视连续剧是成功的：1990年试播时，已在上海引起强烈反响；翌年初由中央电视台向全国播放后，居然在全国出现了《围城》热。钱钟书由不十分赞成将《围城》改编为电视剧到持不干预态度到积极参与的态度，我们绝不能因此说钱先生言行不一、人格分裂；但却昭示出这样一个事实：《围城》有着两重性，从它是一部心理小说、哲理小说、讽喻小说、学者小说而言，它不宜于由大众媒体承载与传播；但它又是一部流浪汉小说，有着其"俗"的一面，所以，它最终又由大众传媒而为大众所接受。这就是电视剧成功原因之所在。

而鲁迅与陀思妥耶夫斯基的许多作品不适于搬上舞台，也正是从另一角度表明他们塑造的人物心理确实极为深奥，所昭示的思想异常深刻，并且在艺术上臻于炉火纯青的地步，既难于在其基础上进行二度创作，也难于进行通俗化演绎，而只能反复吟味思索，才能领略个中稍许奥秘。《围城》虽说也是一部伟大之作，但尚未达到此种程度。

电视连续剧《围城》，确实起到了推动原作更广更快地为读者接受的作用。电视剧刚播放之际，人民文学出版社抢印《围城》六万余册，很快销售一空，大发利市。

而在大陆与海外的许多学人中，也以为"交谈不说《围城》事，纵读诗书也枉然"，俨然以《围城》作为自己心中的文学丰碑。

现在《围城》已有了英、法、德、日、俄、捷克、西班牙等多种外文译本。《围城》已经成为了世界的《围城》。

九、精彩片段解读

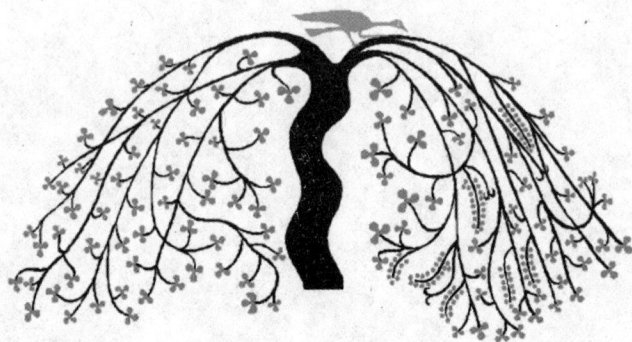

【说明】《围城》先在杂志上连载，继由上海晨光出版公司出版单行本，后又由人民文学出版社出版单行本。在这过程中，作者曾多有修改、润色。四川文艺出版社 1991 年出版了胥智芬汇校的《〈围城〉汇校本》。汇校本不独对研究者大有裨益，而且青少年读者读汇校本也可从中体味、学习一代大师钱钟书的写作技巧。所以，我们从汇校本中节选原文，进行解读。

《〈围城〉汇校本》所依据的版本为 1946 年 2 月至 1947 年 1 月连载于《文艺复兴》上的初刊本（简称初刊）、1947 年 5 月上海晨光出版公司初版之 1949 年 3 月第 3 次印刷本（简称初版）以及 1980 年 10 月人民文学出版社重印本之 1985 年 8 月第 4 次印刷本（简称定本）。

凡初版、定本均有不同改动者，——注明"初版……，定本……"，凡只注明"初版……"者，表示初版与定本完全一致；凡只注明"定版……"者，表示初刊与初版完全一致。

以下所选为原书第六章。各段标题均系选者所加。

第六章[①]　初入三闾大学

厚待漂亮女生的校长高松年

三闾大学校长高松年是位老科学家。这"老"字的位置非常为难，可以形容科学，也可以形容科学家。不幸的是，科学家跟科学大不相同：科学家像酒，愈老愈可贵；而科学像女人，老了便不值钱。将来国语文法发展完备，终有一天可以明白地分开"老科学家"和"老科学的家"，或者说"科学老家"和"老科学家"。现在还早得很呢，不妨笼统称呼。高校长肥而结实的脸像没发酵的黄面粉馒头，"馋嘴的时间"（Edax vetustas）[②] 咬也咬不动他，一条牙齿印或皱纹都没有。假使一个犯校规的女学生长得非常漂亮，高校长只要她向自己求情认错，也许会不尽本于教育精神地从宽处分。这证明这位科学家还不老。他是二十年前在外国研究昆虫学的；想来三十[③]年前的昆虫都进化成为大学师生了，所以请他来表率多士。他在大学校长里，还是前途无量的人。大学校长分文科出身和理科出

---

① "第六章"初版为"六"。
② 定本删去外文。
③ "三十"初版为"二十"。

身两类。文科出身的人轻容易①做不到这位子的②，做到了也不以为荣，准是干政治碰壁下野，仕而不优则学，借诗书之泽，弦诵之声来休养身心。理科出身的人呢，就全然不同了。中国是世界上最提倡科学的国家，没有傍的国度③肯这样给科学家大官做的。外国科学进步，中国科学家进爵。在外国，研究人情的学问始终跟研究物理的学问分歧；而在中国，只要你知道水电、土木、机械、动植物等等，你就可以行政治人——这是"自然齐一律"最大的胜利。理科出身的人当个把校长，不过是政治生涯的开始；从前大学之道在治国平天下，现在治国平天下在大学之道，并且是条坦道大道。对于第一类，大学是张休息的摇椅；对于第二类，它是个培养的摇篮——只要他小心别摇摆得睡熟了。

解读

《围城》全书9章，可分为4个部分。第一部分（1—4章），写方鸿渐从欧洲返回后在家乡和上海的经历；第二部分（第5章），写方鸿渐一行去三闾大学的途中遭遇；第三部分（6—8章），写方鸿渐在三闾大学的生活，这一部分对中国知识分子的种种劣根性的剖析最为深刻；第四部分（第9章），写方鸿渐与孙柔嘉之间的争执和最后离异。

此处节选的第6章，是全书中写得最为精彩的篇章之一。首段是高松年的出场，但作者不独对高本人多有讽喻，而且直刺了中国学界乃至政治的腐朽。而"外国科学进步，中国科学家进爵"的讽刺性概括，拿来

---

① "轻容易"定为"轻易"。
② 初版删去"的"。
③ "傍的国度"初版为"旁的国度"，定本为"旁的国家"。

评判当下之中国现实，也恰中腠理。而在中国，只要你知道水电、土木、机械、动植物等等，你就可以行政治人，简直说的就是我们身边的现实。在西方世界，从政者大多是学习社会科学与人文科学的，这毕竟是专业对口；而在中国，从政者多为学理工的，总觉得有些学非所用，这些人最容易将复杂的社会问题简单化，也易缺少人文关怀精神，如说什么"压锭减人增效"，显然是将人等同于了锭。

高松年言而无信

　　高松年发奋办公，夙夜匪懈①，精明得真是睡觉还睁着眼睛，戴着眼镜，做梦都不含糊的。摇篮也挑选得很好，在平成县乡下一个本地财主的花园里，面溪背山。这乡镇绝非战略上必争之地，日本人惟一豪爽不吝啬的东西——炸弹——也不会浪费在这地方。所以，离开学校不到半里的镇上，一天繁荣似一天，照相铺、饭店、浴室、②戏院、警察局、中小学校，一应俱全。今年春天，高松年奉命筹备学校，重庆几个老朋友为他饯行，席上说起国内大学多而教授少，新办尚未成名的学校，地方偏僻，怕请不到名教授。高松年笑道："我的看法跟诸位不同。名教授当然很好，可是因为他的名望，学校沾着他的光，他并不倚仗学校里的地位。他有架子，有脾气，他不会全副精神为学校服务，更不会绝对服从学校③当局的指挥。万一他闹别扭，你不容易找替人，学生又要借题目麻烦。我以为学校不但造就学生，并且应该造就教授。找一批没有名望的人来，他们要借学校的光，他们要靠学校才有地位，而学校并非非有他们不可，这种人才真能跟学校合为一体，真肯出力为公家做事。学校也是个机关，机关当然需要科学管理，在健全的

---

① "夙夜匪懈"定本为"亲兼教务长"。
② 初版补加"地方"。
③ 初版删去"学校"。

机关里，决没有特殊人物，只有安分受支配的一个个单位①。所以，找教授并非难事。"大家听了，倾倒不已。高松年事先并没有这番意见，临时信口胡扯一阵。经朋友们这样一恭维，他渐渐相信这真是至理名言，也对自己倾倒不已。他从此动不动就②发表这段议论，还加上个帽子道："我是研究生物学的，学校也是个有机体，教职员之于学校，应当像细胞之于有机体——"这至理名言更变而为科学定律了。

亏得这一条科学定律，李梅亭、顾尔谦，还有方鸿渐会荣任教授。他们那天下午三③点多钟到学校。高松年闻讯匆匆到教员宿舍里应酬一下，回到办公室，一月来的心事不能再搁在一边不想了。自从长沙危急，聘好的教授里十个倒有九个打电报来托故解约，七零八落，开不出班，幸而学生也受战事影响，只有一百五十八人。今天一来就是四个教授，军容大震，向部里报上去也体面些。只是怎样对李梅亭跟④方鸿渐解释呢？部里汪次长介绍汪处厚来当中国文学系主任，自己早写信聘定李梅亭了——可是汪处厚是汪次长的伯父，论资格也比李梅亭好，那时候给教授陆续辞聘的电报吓昏了头，怕上海这批人会半路打回票，只好先敷衍汪次长。汪处厚这人不好打发，李梅亭是老朋友，老朋友总讲得开，就怕他的脾气难对付，难对付！这姓方的青年人倒⑤容易对付的。他是赵辛楣的来头，辛楣最初不肯来，介绍了他，说他是留学德国的博士，真糊涂透

---

① "单位"定本为"分子"。
② 初版删去"就"。
③ "三"初版为"二"，定本为"两"。
④ "跟"定本为"和"。
⑤ "倒"初本为"到"定本为"是"。

顶！他自己开来的学历，并没有学位，只是个各国浪荡的流学生①，并且并非学政治的，聘他当教授太冤枉了！至多做副教授，循序渐升，年轻人初②做事不应该爬得太高的③，这话可以叫辛楣对他说。为难的还是李梅亭。④ 无论如何，他千辛万苦来了，决不会一翻脸就走的；来得困难，去也没有那么容易，空口允许他些好处就是了。他从私立学校一跳而进国立学校，还不是自己提拔他的？做人总要有良心。这些反正是明天的事，别去想它，今天——今天晚上还有警察局长的晚饭呢。这晚饭是照例应酬，小乡镇上的盛馔，反⑤来覆去，只有那几样，高松年也吃腻了，可是这时候四点钟已过，肚子有点饿，所以想到晚饭，嘴里一阵潮润。

解读

　　这两段进一步揭露高松年的丑恶嘴脸。他善于撒谎吹牛，制造空头理论，认为三闾大学虽处僻地，照样可以聘来教授；但实际上并非如此，应聘者甚少；所以凡有来者均不能拒之，结果招致了"撞车"：职位不够用。如何安排自然颇费心思。但高松年思来想去，没有一样是从办学事业出发，而是从势力关系出发。仅此一点，就昭示出这位大学校长其实是个势利小人。

---

① "浪荡的流学生"定本为"游荡的'游学生'"。
② 初版删去"初"。
③ 初版删去"的"。
④ "。"初版为"——"。
⑤ "反"定本为"翻"。

《围城》全新解读

汪处厚巧设欢迎会

同路的人，一到目的地，就分散了，好像一个波浪里的水打到岸边，就四面溅开。可是鸿渐们四个男人，当天还一起到镇上去理发洗澡。回校只见告白板上贴着粉红纸的布告，说中国文学系同学今晚七时半在联谊室举行茶会，欢迎李梅亭先生。梅亭欢喜得直说："讨厌，讨厌！我累得很，今天还想早点睡呢！这些孩子热心得不懂道理。赵先生，他们消息真灵呀！"

辛楣道："岂有此理！政治系学生为什么不开会欢迎我呀？"

梅亭道："忙什么？今天的欢迎会，你代我去，好不好？我宁可睡觉的①。"

顾尔谦点头叹道："念中国书的人，毕竟知礼，我想傍②系的学生决不会这样尊师重道的。"说完笑眯眯地望着李梅亭，这时候，上帝会懊悔没在人身上添一条能摇的狗尾巴，因此减低了不知多少表情的效果。

鸿渐道："你们都什么系，什么系，我还不知道是哪一系的教授呢。高校长给我的电报没③说明白。"

辛楣忙说："那没有关系。你可以教哲学，教国文——"

梅亭狞笑道："教国文是要得我许可的，方先生，你好好

---

① 定本删去"的"。
② "傍"定本为"旁"。
③ 初版补加"有"。

的巴结我一下，什么都可以商量。"

说着，孙小姐来了，说住在女生宿舍里，跟女生指导范小姐同室，也把欢迎会这事来恭维李梅亭。梅亭轻佻地笑道："孙小姐，你改了行罢，不要到外国语文系办公室去了，当我的助教，今天晚上，咱们俩同去开会。"五人同在校门口小馆子吃晚饭的时候，李梅亭听而不闻，食而不知其味，大家笑他准备欢迎会上演讲稿，梅亭极口分辩道："胡说！这要什么准备！"

晚上近九点钟，方鸿渐在赵辛楣房里讲话，连打呵欠，正要回房去睡，李梅亭打门进来了。两人想打趣他，但瞧他脸色不正，便问："怎么欢迎会完得这样早？"梅亭一言不发，向椅子里坐下，鼻子里出气像待开发的火车头。两人忙问他怎么来①了。他拍桌大骂高松年混账，说官司打到教育部去，自己也不会输的，做了校长跟人吃晚饭②这时候还不回来，影子也找不见，这种玩忽职守，就该死。③ 今天欢迎会原④是汪处厚安排好的，兵法上有名的"敌人喘息未定，即予以迎头痛击"。先来校的四个中国文学系讲师和助教早和他打成一片，学生也惟命是听。他知道高松年跟李梅亭有约在先，自己迹近乘虚篡窃，可是当系主任跟⑤结婚一样，"先进门三日就是大"。这开会不是欢迎，倒像新姨太太的见礼。李梅亭跟了⑥学生代表一

---

① 定本删去"来"。
② "，做了校长跟人吃晚饭"定本为"；高松年身为校长，出去吃晚饭，"。
③ 定本补加"原来，"。
④ 定本删去"原"。
⑤ "跟"定本为"和"。
⑥ "了"定本为"随"。

进会场，便觉空气两样，听得同事和学生一两①声叫"汪主任"，已经又疑又慌。汪处厚见了他，热烈地双手握着他手，好半天搓摩不放，仿佛捉搦了情妇的手，一壁似怨似慕的②说："李先生，你真害我们等死了，我们天天在望你③——张先生，薛先生，咱不是今天早晨还讲起他的——咱④们今天早晨还讲起你。路上辛苦啦？好好休息两天再上课，不忙。我把你的功课全排好了。李先生，咱们俩真是神交久矣。高校长拍电报到成都要我组织中国文学系，我想年纪老了，路又不好走，换生不如守熟，所以我最初实在不想来。高校长，他可真会咕⑤哪！他请舍侄——"张先生、薛先生、黄先生同声说："汪先生就是汪次长的令伯。"——"请舍侄再三劝驾，我却不过情，我内人身体不好，也想换换空气。到这儿来了，知道有你先生，我真高兴，我想这系办得好了——"李梅亭一篇主任口气的训话闷在心里讲不出口，忍住气，搭讪了几句，喝了杯茶，只推头痛，早退席了。

辛楣和鸿渐安慰李梅亭一会，劝他回房睡，有话明天跟高松年去说。梅亭临走说："我跟老高这样的交情，他还会要我，他对你们两位一定也有把戏。瞧着罢，咱们⑥取一致行动，怕他什么！"梅亭去后，鸿渐望着辛楣道："这不成话说！"辛楣皱眉道："我想这里面有误会，这事的内幕我全不知道。也许李梅亭压根儿在单相思，否则太不像话了！不过，像李梅亭那

---

① "两"定本为"连"。
② "的"定本为"地"。
③ 定本补加"来"。
④ "咱"定本为"我"。
⑤ "咕"定本为"磨人"。
⑥ 初版补加"采"。

种人，真要当主任，也是个笑话，他那些印头衔的讲究名片，现在可糟了①，哈哈。"鸿渐道："我今年反正是倒霉年，准备到处碰钉子的。也许明天高松年不认我这个蹩脚教授。"辛楣不耐烦道："又来了！你好像存着②心非倒霉不痛快似的。我告诉你，李梅亭的话未可全信——而且，你是我面上来的人，万事有我。"鸿渐虽然抱最大决意来悲观，听了又觉得这悲观不妨延期一天。

解读

李梅亭终于被高松年所要。汪处厚在欢迎会上的种种表演，昭示出他也是一个奸诈之徒，一出场就令读者觉得面目可憎。李梅亭的处境使方鸿渐产生了不祥的预感。这为写第二天方与高的会见埋下了伏笔。

---

① "糟了"初版"不能用了"。
② "著"定本为"着"。

中国最出色的"演员"

明天上午，辛楣先上校长室去，说把鸿渐的事讲讲明白，叫鸿渐等着，听了回话再去见高松年。鸿渐等了一个多钟点，不耐烦了，想自己真是神经过敏，高松年直接打电报来的，一个这样机关的首领好意思说话不作准么？辛楣早尽了介绍人的责任，现在自己就去正式拜会高松年，这最干脆。

高松年看方鸿渐和颜悦色，不相信世界上会有这样脾气好或城府深的人，忙问："碰见赵先生没有？"

"还没有。我该来参见校长，这是应当的规矩。"方鸿渐自信说话得体。

高松年想糟了！糟了！辛楣一定给李梅亭缠住不能脱身，自己跟这姓方的免不了一番唇舌："方先生，我是要跟你谈谈——有许多话我已经对赵先生说了——"鸿渐听口风不对，可是脸上的笑容一时不及收敛，怪不自在地停留着，高松年看得恨不能把手指撮而去之①——"方先生，你收到我的信没有？"一般人撒谎，嘴跟眼睛不能合作，嘴尽管雄纠纠②地胡说，眼睛懦怯不敢平视对方。高松年老于世故，并且研究生物学的时候，学到西洋人相传的智慧，那就是：假使你的眼光能与狮子或老虎的眼光相接，彼此怒目对视，那野兽给你催眠了不敢扑你。当然野兽未必肯在享用你以前，跟你飞眼送秋波，可是方

---

① "撮而去之"初版为"为他撮去"。
② "纠纠"定本为"赳赳"。

鸿渐也不是野兽，至多只能算是家畜。

他给高松年三百瓦脱①的眼光射得不安，觉得这封信不收到是自己的过失，这次来得太冒昧了，果然高松年写信收回成命，同时有一种不出所料的满意，惶遽地说："没有呀！我真没收到呀！重要不重要？高先生什么时候发的？"倒像自己撒谎，收到了信在抵赖。

"咦！怎么没收到？"高松年直跳起来，假惊异的表情做得惟妙惟肖，比方鸿渐的真惊惶自然得多；他没演话剧，是话剧的不幸而是演员们的大幸——"这信很重要。唉！现在抗战时间的邮政简直该死。可是你先生已经来了，好得很，这些话可以面谈了。"

鸿渐稍微放心，迎合道："内地跟②上海的信，常出乱子。这次长沙的战事恐怕也有影响，一大批信会遗失，高先生给我的信若是③寄出得早——"

高松年做个一切撇开的手势，宽宏地饶赦那封自己没写、方鸿渐没收到的信："信就不用提了，我深怕方先生看了那封信，会不肯屈就，现在你来了，你就别想跑，呵呵！是这末④一回事，你听我说，我跟你先生虽⑤素昧平生，可是我听辛楣讲起你的学问人品种种，我真高兴，立刻就拍电报请先生来帮忙，电报上说——"高松年顿一顿，试探鸿渐是不是善办交涉的人，因为善办交涉的人决不这时候替他说他自己⑥许下的条

---

① "脱"定本为"特"。
② "跟"定本为"去"。
③ "若是"初版为"假如"。
④ "末"定本为"么"。
⑤ 初版补加"然"。
⑥ "他说他自己"初版为"自己说"。

件的。

可是方鸿渐像鱼吞了饵，一钓就上，急接口说："高先生电报上招我来当教授，可是没说明白什么系的教授，所以我想问一问。"

"我原意请先生来当政治系的教授，因为先生是辛楣介绍的，说先生是留德的博士。可是先生自己开来的履历上并没有学位——"鸿渐的脸红得像有一百零二①度寒热的病人——"并且不是学政治的，辛楣全搅②错了。先生跟辛楣的交情本来不很深罢？"鸿渐脸上表示的寒热又升了华氏表上一度，不知怎样对答，高松年看在眼里，胆量更大——"当然，我决不计较学位，我只讲真才实学。不过部里定的规矩呆板得很，照先生的学历，③只能当专任讲师，教授待遇呈报上去一定要驳下来的。我相信辛楣的保荐不会错，所以破格聘先生为副教授，月薪二百八十元，下学年再升。快信给先生就是解释这一回事，我以为先生收到信的。"

鸿渐只好第二次声明没收到信，同时觉得降级为副教授已经天恩高厚了。

"先生的聘书，我方才已经托辛楣带去了。先生教授什么课程，现在很成问题。我们暂时还没有哲学系，国文系教授已经够了，只有一班文法学院一年级学生共修的论理学，三个钟点，似乎太少一点，将来我再想办法罢。"

---

① "二"初版为"三"。
② "搅"定本为"搞"。
③ 初版补加"至多"。

解读

　　这一段写高松年如何耍弄方鸿渐，两相对比，处处显示出高松年的老谋深算，方鸿渐的稚嫩单纯来。明明是高松年在撒谎，可是在他的威压下（他的眼光能与狮子或老虎"怒目对视"），"倒像自己撒谎，收到了信在抵赖。"高松年确实是个出色的"演员"，能够克服一般撒谎者口眼不能合作的弊病，将假的说得活灵活现，使对方明知是假却在他的威压与表演下信假为真。"他没演话剧，是话剧的不幸而是演员们的大幸"，此语极具锋芒，其意是说话剧因失却了这位天才的"演员"而不幸，但话剧若是有了这位天才的"演员"，其他演员全得"下岗"，没得饭吃，该是大不幸了。高松年这位校长是吃政治饭的，虽然他的专业是生物学。其实吃政治饭的都是出色的"演员"，无论其学的是什么专业，否则一天都混不下去。高松年是吃政治饭的知识分子的绝妙的画像。

鸿渐迫教论理学

　　鸿渐出校长室，灵魂像给蒸汽碌碡（Steam-roller）① 滚过，一些气概也无。只觉得自己是高松年大发慈悲收留的一个弃物，满肚子又羞又恨，却没有个发泄的对象。回到房里，辛楣赶来，说李梅亭的事总算帮高松年解决了，要谈鸿渐的事。② 知道鸿渐已经跟高松年谈过话，忙道："你没有跟他翻脸罢？这都是我不好。我有个印象以为你是博士，当初介绍你到这儿来，只希望这事快成功——""好让你去专有苏小姐。"——"不用提了，我把我的薪水，——好，好！我不，我不！"辛楣打拱赔笑地道歉，还称赞鸿渐有涵养，说自己在校长室讲话，李梅亭直闯进来，咆哮得不成体统。鸿渐问梅亭的事怎样了的。辛楣冷笑道："高松年请我劝他，磨咕③了半天，他说除非学校照他开的价钱买他带的西药——唉，我还要给高松年回音呢。我心上牵挂着你的事，所以先赶回来看你。"鸿渐本来气倒平了，知道高松年真依李梅亭讨的价钱替学校买他带的私货，又气闷起来，想李梅亭就有补尝，只自己一个人吃亏。高松年下帖子当天晚上替新来的教授接风，鸿渐闹别扭要辞，经不起辛楣苦劝，并且傍晚高松年亲来回拜，终④算有了面子，

---

① 定本删去外文。
② 定本补加"他"。
③ "磨咕"定本为"纠缠"
④ "终"定本为"总"。

还是去了。

辛楣虽然不像李梅亭有提炼成丹、旅行便携的中国文学精华片，也随身带著①十几本参考书。方鸿渐不知道自己会来教论理学的，携带的《西洋社会史》《原始文化》《史学丛书》等等一本也用不着。他仔细一想，慌张得没工夫生气了，希望高松年允许自己改教比较文化史和中国文学史，可是前一门功课现在不需要，后一门功课有人担任。叫化子只能讨到什么吃什么，点菜是轮他不着的。辛楣安慰他说："现在的学生程度不比从前——"学生程度跟世道人心好像是在这进步的②大时代里仅有的两件退步的东西——"你不要慌，无论如何对付得过。"鸿渐上图书馆找书，馆里通共不上一千本书，老的、糟的、破旧的中文教科书居其大半，都是因战事而停办的学校的遗产。一千年后，这些书准像敦煌石室的卷子那样名贵，现在呢，它们古而不稀，短见浅识的藏书家还不知道收买。一切图书馆本来像死用功人大考时的头脑，是学问的坟墓；这图书馆倒像个敬惜字纸的老式慈善机关，若是天道有知，办事人今世决不遭雷击③，来生一定个个聪明、人人博士。鸿渐翻找半天，居然发现一本中国人译④的《论理学纲要》，借了回房，大有唐三藏取到佛经回长安的快乐。他看了几页《论理学纲要》，想学生在这地方是买不到教科书的，要不要把这本书公开或油印了发给大家。又一转念，这事不必。从前先生另有参考书作枕中秘宝，所以肯用教科书；现在没有参考书，只靠这本教科书

---

① "著"定本为"着"。
② "进步的"初版为"装了橡皮轮子的"。
③ "击"定本为"打"。
④ "中国人译"初版为"中文译本"。

来灌输智①识，宣扬文化，万不可公诸大众，还是让学生们莫测高深，听讲写笔记罢。自己大不了是个副教授，犯不著②太卖力气的。上第一堂先对学生们表示同情，慨叹后方书籍的难得，然后说在这种环境之下，教授才不是个赘疣，因为教授讲学是印刷术没发明以前的应急办法，而今不比中世纪，大家有书可看，照道理不必在课堂上浪费彼此的时间——鸿渐自以为这话说出去准动听，又高兴得坐不定，预想著③学生的反应。

解读

此处又是李梅亭与方鸿渐的对比。两人同被高松年所耍，但李梅亭敢于大叫大闹，并要学校买他带来的高价药作为补偿；方鸿渐却只能自认吃亏。他并且很快进入论理学副教授的角色，开始预备如何教书了。这一段心理活动既昭示出方鸿渐尚有责任心在，但也反映出他多多少少也有投机取巧的那一面。他关于即将上课时的想象，更显示出他的童心未泯。

---

① "智"定本为"知"。
② "著"定本为"着"。
③ "著"定本为"着"。

"有群众生活的地方全有政治"

《围城》全新解读

鸿渐等是星期三到校的，高松年许他们休息到下星期一才上课。这几天里，辛楣是校长的红人，同事拜访他的最多，鸿渐处就少人光顾。这学校草草创办，规模不大；除掉女学生跟少数带家眷的教职员以外，全住在一个大园子里。世态炎凉的对照，愈加分明。星期日下午，鸿渐正在预备讲义，孙小姐来了，脸色比路上红活得多。鸿渐要去叫辛楣，孙小姐说她刚从辛楣那儿来，政治系的教授们在开座谈会呢，满屋子的烟，她瞧人多有事，就没有坐下。

方鸿渐笑道："政治家聚在一起，当然是乌烟瘴气。"

孙小姐笑了一笑，说："我今天来谢谢方先生跟赵先生。昨天下午，学校会计处把我的旅费补送来了。"

"这是赵先生替你去争来的。① 跟我无关。"

"不，我知道，"孙小姐温柔地固执着，"这是你提醒赵先生的。你在船上——"孙小姐省悟多说了半句话，涨红脸，那句话也遭了腰斩。

鸿渐猛记得船上的谈话，果然这女孩子全听在耳朵里了，看她那样子，自己也窘起来。害羞脸红和打呵欠或口吃一样有传染性，情况粘滞，仿佛像穿橡皮鞋走泥淖，踏不下而又拔不

---

① "。"定本为"，"。

出。忙①支吾开顽②笑说："好了，好了。你回家的旅费有了。还是趁早回家罢，这儿没有意思。"

孙小姐小孩子般颦眉③撅嘴道："我真想回家！我天天想家，我给爸爸写信也说我想家。到明年暑假那时候太远了，我想著④就心焦。"

"第一次出门总是这样的，过几时就好了。你跟⑤你们那位系主任谈过没有。"

"怕死我了！刘先生要我教一组英文，我真不会教呀！刘先生说四组英文应当同时间上课的⑥，系里连他只有三个先生，非我担任一组不可。我真不知道怎样教法，学生个个比我高大，看上去全凶得很。"

"教教就会教了。我也从来没教过书。我想⑦程度不会好，你用心准备一下，教起来绰绰有余。"

"我教的一组是入学考试英文成绩最糟的一组，可是，方先生，你不知道我自己多少糟，我想到这儿来好好用一两年功。有外国人不让她教，到⑧要我去丢脸！"

"这儿有什么外国人呀？"

"方先生不知道么？历史系主任韩先生的太太，我也没看见过，听范小姐说，瘦得全是骨头，难看得很。有人说她是白

---

① "忙"初版为"他"。
② "顽"定本为"玩"。
③ 初版删去"颦眉"。
④ "著"定本为"着"。
⑤ "跟"定本为"对"。
⑥ "同时间上课的"定本为"各有一个教师"。
⑦ 初版补加"学生"。
⑧ "到"定本之1991年2月印本为"倒"。

俄，有人说她是这次①奥国归并给德国以后流亡出来的犹太人，她丈夫说她是美国人。韩先生要她在外国语文系当教授，刘先生不答应，说她没有资格，英文都不会讲，教德文教②俄文现在用不著③。韩先生生了气，骂刘先生自己没有资格，不会讲英文，编了几本中学教科书，在外国暑期学校里混了张证书，算什么东西——话真不好听，总算高先生劝开了，韩先生在闹辞职呢。"

"怪不得前天校长请客他没有来。咦！你本领真大，你这许多消息，什么地方听来的?"

孙小姐笑道："范小姐告诉我的。这学校像个大家庭，除非你住在校外，什么秘密都保不住，并且口舌多得很。昨天刘先生的妹妹从桂林来了，听说是历史系毕业的。大家都说，刘先生跟韩先生可以讲和了，把一个历史系的助教换一个外文系的教授。"

鸿渐掉文道："妹妹之于夫人，亲疏不同；助教之于教授，尊卑不敌。我做了你们的刘先生，决不肯吃这个亏的。"

说著④，辛楣进来了，说："好了，那批人送走了——孙小姐，我知道你不会就去的。"他说这句话全无意思的⑤，可是孙小姐脸红。鸿渐忙把韩太太这些事告诉他，还说："怎么学校里还有这许多政治暗斗？倒不如进官场爽气。"

辛楣宣扬教义似的说："有群众生活的地方全有政治。"孙

---

① 定本删去"这次"。
② 初版删去"教"。
③ "著"定本为"着"。
④ "著"定本为"着"。
⑤ "意思的"定本为"用意"

小姐坐一会去了。辛楣道："我写信给她父亲，声明把保护人的责任移交给你，好不好？"

　　鸿渐道："我看这题目已经像教国文的老师所谓'做死'了，没有话可以说了，你换个题目来开顽①笑，行不行？"辛楣笑他扯淡。

🔍 解读

　　孙柔嘉主动来找方鸿渐聊天。从这场简短的对话中，仍透视出方的比较憨厚与孙的工于心计而又不露痕迹：孙明明是来与方套近乎，但做得恰到好处：引而不发，点到为止。同时这场对话再次传达出这样的信息：三闾大学实在是个是非之地。赵辛楣的进来与插话，则以玩笑口吻，行推动方孙关系之实。

---

　　① "顽"定本为"玩"。

装腔作势的陆子潇

上课一个多星期，鸿渐跟同住一廊的几个同事渐渐熟了。历史系的陆子潇曾作敦交睦邻的拜访，所以一天下午鸿渐去回看他。陆子潇这人刻意修饰，头发又油又光，深恐为帽子埋没，与之不共戴天，深冬也光著①顶。鼻子短而阔，仿佛原有笔直下来的趋势，给人迎鼻孔打了一拳，阻止前进，这鼻子后退不迭，向两傍②横溢。因为没结婚，他对自己年龄的态度，不免落在时代的后面；最初他还肯说外国算法的十足岁数，年复一年，他偷偷买了一本翻译的《life Begins at Forty》③，对人家干脆不说年龄，不讲生肖，只说："小得很呢！还是小弟弟呢！"同时表现小弟弟该有的活泼和顽皮。他讲话时喜欢窃窃私语，仿佛句句是军国机密。当然军国机密他也知道的，他不是有亲戚在行政院、有朋友在外交部么？他亲戚曾经写给他一封信，这左角印"行政院"的大信封上大书著④"陆子潇先生"，就仿佛行政院都要让他正位居中似的。他写给外交部那位朋友的信，信封虽然不大，而上面开的地址"外交部欧美司"六字，笔酣墨饱，字字端楷，文盲在黑夜里也该一目了然的。这一封来函、一封去信，轮流地在他桌上妆点著⑤。大前天早晨，该

---

① "著"定本为"着"。
② "傍"定本为"旁"
③ 定本补加脚注"《人生从四十岁才开始》是当时流行的一本美国书籍。"
④ "著"定本为"着"。
⑤ "妆点著"定本为"装点着"。

死的听差收拾房间，不小心打翻墨水瓶，把行政院淹得昏天黑地，陆子潇挽救不及，跳脚痛骂。那位亲戚国而忘家，没来过第二次信；那位朋友外难顾内，一封信也没回过。从此，陆子潇只能写信到行政院去，书桌上两封信都是去信了。今日正是去信外交部的日子，子潇等待鸿渐看见了桌上的信封，忙把这信搁在抽屉里，说："不相干。有一位朋友招我到外交部去，回他封信。"

鸿渐信以为真，不得不做出惜别慰留的神情道："啊哟！怎么陆先生要高就了！校长肯放你走么？"

子潇连摇头道："没有的事！做官没有意思，我回信去坚辞的。高校长待人也①很厚道，好几个电报把我催来，现在你们各位又来了，学校渐渐上规②道，我好意思拆他台么？"

鸿渐想起高松年和自己的谈话，叹气道："校长对你先生，当然是另眼相看了。像我们这种——"

子潇说话低得有气无声，仿佛思想在呼吸："是呀。校长就是有这个毛病，说了话不作准的。我知道了你的事很不平。"机密得好像四壁全挂着偷听的耳朵。

鸿渐没想到自己的事人家早知道了，脸微红道："我到③没有什么。不过高先生——我总算学个教训。"

"那④里的话！副教授当然有屈一点，可是你的待遇算副教授里最高的了。"

---

① 初版删去"也"。
② "规"定本为"轨"。
③ "到"初版为"倒"。
④ "那"定本为"哪"。

"什么？副教授里还分等么？"鸿渐大有英国①约翰生博士不屑分别臭虫和跳虱的等级的意思②。

"分好几等呢。譬如你们同来、我们同系的顾尔谦就比你低两级。就像系主任罢，我们的系主任韩先生比赵先生高一级，赵先生又比外语系的刘东方高一级。这里面等次多得很，你先生初回国做事，所以搅不清了。"

鸿渐茅塞顿开，听说自己比顾尔谦高，气平了些，随口问道："为什么你们的系主任薪水特别高呢？"

"因为他是博士，Ph. D.。我没③到过美国，所以没听见过他毕业的那个大学，据说很有名，在纽约，叫什么克莱登大学。"

鸿渐吓得直跳起来，宛如自己的阴私给人揭破，几乎失声叫道："什么大学？"

"克莱登大学。你知道克莱登大学？"

"我知道！哼，我也是——"鸿渐恨不能把舌头咬住，已经漏泄④了三个字。

子潇听话中有因，像黄泥里的竹笋，尖端微露，便想盘问到底。鸿渐不肯说，他愈起疑心，只恨不能采取特务机关的有效刑罚来逼取口供。鸿渐回房，又气又笑。自从唐小姐把买文凭的事向他质问以后，他不肯再想起自己跟爱尔兰人那一番交涉，他牢记著⑤要忘掉这事；每逢念头有扯到它的远势⑥，他赶

---

① 定本删去"英国"。
② "分别臭虫和跳虱的等级的意思"定本为"把臭虫和跳蚤分等的派头"。
③ 初版补加"有"。
④ "漏泄"初版为"泄漏"。
⑤ "著"定本为"着"。
⑥ "远势"初版为"趋势"。

快转移思路，然而身上已经一阵羞愧的微热。适才陆子潇的话倒仿佛一帖药，把心里的鬼胎打下一半。韩学愈撒他的谎，并非跟自己同谋，但有了他，似乎自己的欺骗减轻了罪名。当然新添上一种不快意，可是这种不快意是透风的，见得天日的，不比买文凭的事像谋杀迹灭①的尸首，对自己都要遮掩得一丝不露。撒谎骗人该像韩学愈那样才行，要有勇气坚持到底。自己太不成了，撒了谎还要讲良心，真是大傻瓜。假如索性大胆老脸，至少高松年的欺负就可以避免。老实人吃的亏，骗子被揭破的耻辱，这两种相反的痛苦，自己居然一箭双雕地兼备了。鸿渐忽然想，近来连撒谎都不会了。因此恍然大悟，撒谎往往是高兴快乐的流露，也算得一种创造，好比小孩子游戏里的自骗自（Pseudoluege）②。一个人身心畅适，精力充溢，会不把顽强的事实放在眼里，觉得有本领跟现状开顽③笑。真到忧患穷困的时候，④谎话都讲不好的。

解读

这一部分是陆子潇这个伪文化人的出场，方鸿渐与他的初步接触及方知道三闾大学还有人也持假博士文凭后引起的心理活动。陆子潇极为做作，为了显示自己有上层关系，将两封信摆在桌上作为道具；为了不说出自己的真实年龄，故意显出小弟弟才有的活泼与顽皮。其令人作呕之态，有如老莱娱亲（一个老头子装作跌倒、学婴儿哭叫，以使他自己

---

① "迹灭"初版为"灭迹"。
② 初版删去外文。
③ "顽"定本为"玩"。
④ 定本补加"人穷智短"。

的父母——自然也是更加高寿的了——快乐）。这是他的行为举止。至于他的那副尊容，尤不能令人恭维。作者充满戏谑的描写，简直令人喷饭。与这样的人"对话"，方鸿渐照样显出自己的稚嫩来：竟然对陆装作要离开三闾大学的话也信以为真。而他于不经意之中露出了自己也有一张克莱登大学的博士文凭的蛛丝马迹，更证明了他在虚伪的丑恶的人世场中确实"短练"。然而在经过此事之后，感到自己既然有了韩学愈这位"同谋""校友"，减轻了负罪感，甚至深以自己不如韩学愈那样大胆老脸为憾，则是他灵魂中不长进的分子——他也永远没有"成长"到韩学愈等人那样的无耻程度。

撒谎天才韩学愈

过一天，韩学愈特来拜访。通名之后，方鸿渐倒窘起来，同时快意地失望。理想中的韩学愈不知怎样的嚣张浮滑，不料是个沉默寡言的人。他想陆子潇也许记错，孙小姐准是过信流言。木讷朴实是韩学愈的看家本领——不，养家本钱①。现代人有两个流行的信仰。第一：女子无貌便是德，所以漂亮女人准比不上丑女人那样有思想，有品节；第二：男子无口才，就表示有道德，所以哑巴是天下最诚朴的人。也许上够了演讲和宣传的当，现代人矫枉过正，以为只有不说话的人开口准说真话，害得新官上任，训话时个个都说："为政不在多言，"恨不能只指嘴、指心、指天，三个手势了事。韩学愈虽非哑巴，天生有点口吃。因为要掩饰自己的口吃，他讲话少、慢、著②力，仿佛每个字都有他全部人格作担保③。高松年在昆明第一次见到他④，觉得这人⑤诚恳安详，像个君子，而且未老先秃，可见脑子里的学问多得冒上来，把头发都挤掉了。再一看他开的学历，除掉博士学位以外，还有一条："著作散见美国《史学杂

---

① 初版删去"——不，养家本钱"。
② "著"定本为"着"。
③ 初版补加"。不轻易开口的人总使傍人想他满腹深藏着智慧，正像密封牢锁的箱子，傍人总以为里面结结实实都是宝贝"，"著"定本为"着"，"傍人"定本为"一般人"。
④ "他"初版为"这人"。
⑤ "这人"初版为"他"。

志》《星期六文学评论》等大刊物中"，不由自主地另眼相看。好几个拿了介绍信来见的人，履历上写在外国"讲学"多次。高松年自己在欧洲一个小国里读过书，知道往往自以为讲学，听众以为他在学讲——讲不来外国话借此学学。可是在外国大刊物上发表作品，这非有真才实学不可。便①问韩学愈道："先生的大作可以拿来看看么？"韩学愈坦然说，杂志全搁在沦陷区老家里，不过这两种刊物中国各大学全该定阅的，就近应当一找就到，除非经过这番逃难，图书馆的旧杂志损失不全了。高松年想不到一个说谎者会这样泰然无事；各大学的书籍七零八落，未必找得著②那期杂志，不过里面有韩学愈的文章看来是无可疑的。韩学愈也确向这些刊物投过稿，但高松年没知道他的作品发表在《星期六文学评论》的人事广告栏（Personals)③："中国青年，受高等教育，愿意帮助研究中国问题的人，取费低廉。"和《史学杂志》的通信栏："韩学愈君征求二十年前本刊，愿出让者请通信某处接洽。"最后他听说韩太太是美国人，他简直改容相敬了，能娶外国老婆非精通西学不可，自己年轻时不是想娶个外国女人没有成功么？这人做得系主任。他当时也没想到这外国老婆是在中国娶的白俄。

跟韩学愈谈话仿佛看慢动电影（Slow – motion picture)④，你想不到简捷的一句话需要那么多的筹备，动员那么复杂的身体机构。时间都给他的话胶著⑤，只好拖泥带水地慢走。韩学

---

① "便"初版为"他"。
② "著"定本为"着"。
③ 定本删去外文。
④ 定本删去外文。
⑤ "著"定本为"着"。

《围城》全新解读

愈容颜灰暗，在阴天可以与周围的天色和融无间，隐身不见，是头等的保护色。他只有一样显著的东西，喉咙里一个大核。他讲话时，这喉核忽升忽降，鸿渐看得自己喉咙都发痒。他不说话咽唾沫时，这核稍隐复现，令鸿渐联想起青蛙吞苍蝇的景象。鸿渐看他说话少而费力多，恨不能把那喉结瓶塞头似的拔出来，好让下面的话松动。韩学愈约鸿渐上他家去吃晚饭，鸿渐谢过他，韩学愈又危坐不说话了，鸿渐只好找话敷衍，便问："听说嫂夫人是在美国娶的？"

韩学愈点头，伸颈咽口唾沫，唾沫下去，一句话从喉核下浮上："你先生到过美国没有？"

"没有去过——"索性试探他一下——"可是，我一度想去，曾经跟一个 Dr Mahoney 通信。"是不是自己神经过敏呢？韩学愈似乎脸色微红，像阴天忽透太阳。

"这人是个骗子。"韩学愈的声调并不激动，说话也不增多。

"我知道。什么克莱登大学！我险的上了他的当。"鸿渐一面想，这人肯说那爱尔兰人是"骗子"，一定知道瞒不了自己了。

"你没有上他的当罢！克莱登是好学校，他是这学校里①开除的小职员，借著②幌子向外国不知道的人骗钱，你真没有上当？唔，那最好。"

"真有克莱登这学校么？我以为全是那爱尔兰人捣的鬼。"鸿渐诧异得站起来。

---

① 初版补加"一个"。
② "著"定本为"着"。

"很认真严格的学校，虽然知道的人很少——普通学生不容易进。"

"我听陆先生说，你就是这学校毕业的。"

"是的。"

鸿渐满腹疑团，真想问个详细。可是初次见面，不好意思追究，倒像①自己不相信他。并且这人说话②经济，问不出什么来；最好有机会看看他的文凭，就知道他的克莱登跟自己的克莱登是一是二了。韩学愈回家路上，腿有点软，想陆子潇的报告准得很，这姓方的跟爱尔兰人有过交涉，幸亏他没③去过美国，就恨不知道他是否真的没买文凭，也许他在撒谎。

方鸿渐吃韩家的晚饭，甚为满意。韩学愈虽然不说话，款客的动作极周到；韩太太虽然相貌丑，红头发，满脸雀斑像面饼上苍蝇下的粪，而举止活泼得通了电似的。鸿渐然发现④西洋人丑得跟中国人不同：中国人丑得像造物者偷工减料的结果，潦草塞责的丑；西洋人丑像造物者恶意的表现，存心跟脸上五官开顽⑤笑，所以丑得有计划、有作用。韩太太口口声声爱中国，可是又说在中国起居服食，没有在纽约方便。鸿渐总觉得她口音不够地道，自己没到过美国，要赵辛楣在此就听得出了，也许是移民到纽约去的。他到学校以后，从没有人对他这样殷勤过，几天来的气闷渐渐消散。他想韩学愈的文凭假不假，管它干吗，反正这人跟自己要好就是了。可是，有一件

---

① "像"初版为"见得"。
② 初版补加"很"。
③ "没"定本为"不像自己"。
④ "然发现"初版为"研究出"。
⑤ "顽"定本为"玩"。

事，韩太太大讲纽约的时候，韩学愈对她做个眼色，这眼色没有逃过自己的眼，当时就有一个印象，仿佛偷听到人家背后讲自己的话。这也许是自己多心，别去想它。鸿渐兴高采烈，没回房就去看辛楣："老赵，我回来了。今天对不住你，让①你一个人吃饭。"

解读

此段韩学愈正式登场。这也是一个撒谎与欺骗的天才。将在外国杂志上发的启事、广告之类居然算是自己的"著作"，可谓登峰造极。但虽说空前可不绝后：今日亦有将两三行会议消息算作自己的"论文"的"学者"。钱钟书对知识分子灵魂的解剖真是入骨三分：他是过来人，他熟悉这些自己的同类。韩学愈既然敢将广告之类充作"著作"，所以将白俄女人充作自己的"美国太太"亦就不足为奇。可怜方鸿渐在与韩学愈初次交锋时，又是人家侦察到他的多，他侦察到人家的少。仅是因为韩学愈请他吃了一顿饭，就要引为友邦了，甚至"兴高采烈"。这足见出方鸿渐的浅来，也见出他的可爱来。关于中国人的丑与西方人的丑的不同的比喻，真可谓新颖别致，使读者能于笑声之后又有所思索。其实，此种不同亦可视为民族性格不同、文化基因不同的某种表现。

---

① "让"初版为"叫"，定本为"抛下"。

"男人跟男人在一起像一群刺猬"

辛楣因为韩学愈没请自己，独吃了一客又冷又硬的包饭，这吃到的饭在胃里作酸，这没吃到的饭在心里作酸，说："国际贵宾回来了！饭吃得好呀？是中国菜还是西菜？洋太太招待得好不好？"

"他家里老妈子做的中菜。韩太太真丑！这样丑的老婆，在中国也娶得到，何必到外国去觅①呢！辛楣，今天我恨你没有在——"

"哼，谢谢——今天还有谁呀？只有你！真了不起！韩学愈上自校长，下到同事，谁都不理，就敷衍你一个人。是不是洋太太跟你有什么亲戚？"辛楣欣赏自己的幽默，笑个不停。

鸿渐给辛楣那么一说，心里得意，假装不服气道："副教授就不是人？只有你们大主任、大教授配彼此结交？辛楣，讲正经话，今天有你，韩太太的国籍问题可以解决了。你是老美国，听她说话，盘问她几句，就水落石出。"

辛楣虽然觉得这句话中听，还不愿意立刻放弃他的不快："你这人真没有良心。吃了人家的饭，还要管闲事，探听人家阴私。只要女人可以做太太，管她什么美国人俄国人。难道是了美国人，她女人的成分就加了倍？养孩子的效率会与众不同？"

鸿渐笑道："我是对韩学愈的学籍有兴趣。我总有一个感

① 初版补加"宝"。

觉，假使他太太的国籍是假的，那末①他的学籍也有问题。"

"我劝你省点事罢。你瞧，谎是撒不得的。自己捣了鬼从此对人家也多疑心——我知道你那一回事是开的顽②笑，可是开顽③笑开出来多少麻烦！像我们这样规规矩矩，就不会疑神疑鬼。"

鸿渐恼道："说得好漂亮！为什么当初我告诉了你韩学愈薪水比你高一级，你要气得掼纱帽不干呢？"

辛楣道："我并没有那样气量小——这全是你不好，听了许多闲话来告诉我，否则我耳根清净，好好的不会跟人计较。"

辛楣新学会一种姿态，听话时躺在椅子里，闭了眼睛，只有嘴边烟斗里的烟篆表示他并未睡著④。鸿渐看了早不痛快，更经不起这几句话：

⑤"好，好！我以后再跟你讲话，我不是人。"

辛楣瞧鸿渐真动了气，忙张眼道："说着顽⑥儿的，别气得生胃病。抽枝烟⑦。以后恐怕到人家去吃晚饭也不能够了。你没有看见通知？是的，你不会有⑧的。大后天开校务会议，讨论施行导师制问题，听说导师要跟学生同吃饭的。"

鸿渐闷闷回房。难得一团高兴，找朋友扫尽了兴。天生人是教他们孤独的，一个个该各归各，老死不相往来。身体里容不下的东西，或消化，或排泄，是个人的事；为什么心里容不

---

① "末"定本为"么"。
② "顽"定本为"玩"。
③ "顽"定本为"玩"。
④ "著"定本为"着"。
⑤ 初版不另起一行。
⑥ "顽"定本为"玩"。
⑦ "枝烟"定本为"支烟罢"。
⑧ "有"定本为"发到"。

下的情感，要找同伴来分摊？聚在一起，动不动自己冒犯人，或者人开罪自己，好像一只只刺猬，只好保持著①彼此间的距离，要亲密团结，不是你刺痛我的肉，就是我擦破你的皮。鸿渐真想把这些感慨跟一个能了解的人谈谈，孙小姐好像比赵辛楣能了解自己，至少她听自己的话很有兴味——不过，刚才说人跟人该避免接触，怎么又找女人呢！也许男人跟男人在一起像一群刺猬，男人跟女人在一起像——鸿渐想不出像什么，翻开笔记来准备明天的功课。

解读

方鸿渐自以为找到了韩学愈这个"新相知"，很想让赵辛楣与自己分享这种喜悦，不料在赵那里碰了软钉子。于是有了人与人之间有如刺猬的感慨。在《围城》中，方与赵可谓最亲密的朋友；他们尚且如此，别人就可想而知了。作品如此设计安排，正是其深刻之处。倘若方这段感慨是在与李梅亭、高松年等人接触之后所发，就要浅薄得多。另，作品最初在杂志上连载时，方鸿渐对赵辛楣是这样讲说韩太太的："……韩太太真丑！这样丑的老婆，在中国也娶得到，何必到外国去觅呢！……"在后来的单行本中，作者在"觅"之后增一"宝"字：这就将当时的某些文化人以娶洋太太为荣光的丑恶心态揭示出来了。如仅一"觅"字，是达不到此种效果的。类似这样的修改润色遍布全书，我们自应细细体味。

---

① "著"定本为"着"。

鸿渐上课受冷落

　　鸿渐教的功课到现在还是三个钟点，同事们谈起，无人不当面羡慕他的闲适，倒好像高松年有私心，特别优待他。鸿渐对论理学素乏研究，手边又没有参考，虽然努力准备，并不感觉兴趣。这些学生来上他的课，压根儿为了学分。依照学校章程，文法学院学生应该在物理、化学、生物、论理四门之中，选修一门。大半人一窝蜂似的选修了论理：这门功课最容易——"全是废话"——不但不必做实验，天冷的时候，还可以袖手不写笔记。因为这门功课容易，他们选它；也因为这门功课容易，他们瞧不起它，仿佛男人瞧不起容易到手的女人。论理学是"废话"，教论理学的人当然是"废物"，"只是个副教授"，而且不属于任何系的。在他们心目中，鸿渐的地位比教党义的和教军事训练的高不了多少。不过教党义的和教军事训练的是政府机关派的，鸿渐的来头没有这些人大，"听说是赵辛楣的表弟，跟着他来的；高松年只聘他做讲师，赵辛楣替他争来的副教授。"无怪鸿渐老觉得班上的学生不把听讲当作一回事。在这种空气之下，讲书不会有劲。更可恨论理学开头最枯燥无味，要讲到三段论法，才可以穿插点缀些笑话，暂时还无法迎合心理。此外有两件事也使鸿渐不安。

　　一件是点名。鸿渐记得自己老师里的名教授们从不点名，从不报告学生缺课。这才是堂堂大学者的风度："你们要听就来听，我可不在乎。"他企羡之余，不免模仿。上第一课，他

像创世纪里原人阿大（Adam）唱新生禽兽的名字，以后他连点名簿子也不带了。到第二星期，他发现五十多学生里有七八个缺席，这些空座位像一嘴牙齿忽然吊①了几枚，留下的空穴，看了心里不舒服。下一次，他注意女学生还固守着第一排原来的座位，男学生像从最后一排坐起的，空着第二排，第三排孤另另②地坐一个男学生。自己正观察这阵势，男学生都顽皮地含笑低头，女学生随自己的眼光，回头望一望，转脸瞧着自己笑。他总算熬住没说："显然我拒绝你们的力量比女同学吸引你们的力量都大。"他想以后非点名不可，照这样下去，只剩有脚而跑不了的椅子和桌子听课了。不过从大学者的放任忽变而为小学教师的琐碎，多么丢脸！这些学生是狡猾不过的，准看破了自己的用意。

一件是讲书。这好像衣料的尺寸不够而硬要做成称身的衣服。自以为预备的材料很充分，到上课才发现自己讲得收缩不住地快，笔记上已经差不多了，下课铃还有好一会才打。一片无话可说的空白时间，像白漫漫一片水，直向开足马达的汽车迎上来，望着发急而又无处躲避。心慌意乱中找出话来支扯，说不上几句又完了，偷眼看手表，只拖了半分钟。这时候，身上发热，脸上微红，讲话开始口吃，觉得学生都在暗笑。有一次，简直像挨饿几天的人服了泻药，什么话③也挤不出，只好早退课一刻钟。跟辛楣谈起，知道他也有此感，说毕竟初教书人没经验。辛楣还说："现在才明白为什么外国人要说'杀时

---

① "吊"定本为"掉"。
② "另另"定本为"零零"。
③ "什么话"初版为"话要挤"。

间'（Kill time）①，打下课铃以前那几分钟的难过！真恨不能把它一刀两段。"鸿渐最近发明一个方法，虽然不能一下子杀死时间，至少使它受些致命伤。他动不动就写黑板，黑板上写一个字要嘴里讲十个字那些时间。满脸满手白粉，胳膊酸半天，这都值得，至少以后不会早退。不过这些学生作笔记不大上劲：往往他讲得十分费力，有几个人坐着一字不写，他眼睛威胁地注视着，他们才懒洋洋把笔在本子上画字。鸿渐瞧了生气，想自己总不至于②李梅亭糟，何以③隔壁李梅亭的"秦汉社会风俗史④"班上，学生笑声不绝，自己的班上偏这样无精打采。

他想自己在学校读书的时候，也不算坏学生，何以教书这样不出色。难道教书跟作诗一样，需要"别才"不成？只懊悔留学外国，没混个专家的头衔回来，可以声威显赫，开藏有洋老师演讲全部笔记秘本的课程⑤，不必像现在帮闲打杂，承办人家剩下来的科目。不过李梅亭这些人都是教授有年，有现成讲义的。自己毫无经验，更无准备，教的功课又并⑥非出自愿，要参考也没有书，当然教不好。假如混过这一年，高松年守信用，升自己为教授，暑假回上海弄几本外国书看看，下学年不相信会比不上李梅亭。这样想着，鸿渐恢复了自尊心。回国后这一年来，他跟他父亲疏远得多。在从前，他会一五一十全禀告方遯翁的。现在他想象得出遯翁的回信。遯翁心境好，就抚

---

① 定本删去外文。
② 初版补加"比"。
③ "何以"初版为"但是"。
④ "秦汉社会风俗史"初版为"先秦小说史"。
⑤ "开藏有……课程"初版为"把藏有洋老师演讲全部的课程，开它几门"。
⑥ 初版删去"并"。

慰儿子说："尺有所短，寸有所长，学者未必能为良师"，这够叫人内愧了；他心境不好，准责备儿子从前不用功，急时抱佛脚，也许还来①一堆"亡羊补牢，教学相长"的教训，更受不了②。这是纪念周上对学生说的话，自己在教职员席里傍③听得腻了，用不到千里迢迢去搬④来。

解读

　　写方鸿渐的论理课不被重视；他又缺少教学经验和参考书，所以课讲得无精打采。自己虽然耍了一点小巧滑，但并不能从根本上扭转局面。然而他仍寄希望于将来，并未完全失去信心。有些比喻仍十分生动、形象，如："到第二星期，他〔按：方鸿渐〕发现五十多学生里有七八个缺席，这些空座位像一嘴牙齿忽然吊了几枚，留下的空穴，看了心里不舒服。"真实地表现出方鸿渐因学生不全来上课而引起的无奈与痛苦。

① "来"初版为"有"。
② 初版删去"，更受不了"。
③ "傍"定本为"旁"。
④ "搬"定本为"招"。

柔嘉上课遭遇恶作剧

开校务会议前一天，鸿渐和辛楣商量好到镇上去吃晚饭，怕导师制实行以后，这自由就没有了。下午陆子潇来闲谈，问鸿渐知道孙小姐的事没有。鸿渐问他什么事，子潇道："你不知道就算了。"鸿渐了解子潇的脾气，不问下去。过一会，子潇尖利地注视着鸿渐，像要看他个对穿，道："你真的不知道么？怎么会呢？"叮嘱他严守秘密，然后把这事讲出来。教务处一公布孙小姐教丁组英文，丁组的学生就开紧急会议，派代表见校长和①教务长抗议。理由是：大家都是学生，当局不该歧视，为什么傍②组是副教授教英文，丁组只派个助教来教。他们知道自己程度不好，所以，他们振振有词地说，必须一个好教授来教好他们。亏高松年有本领，弹压下去。学生不怕孙小姐，课堂秩序不大好，作了一次文，简直要不得。孙小姐征求了外国语文系刘主任的同意，不叫丁组的学生作文，只叫他们练习造句。学生知道了大闹，质问孙小姐为什么人家作文，他们③造句，把他们当中学生看待。孙小姐说："因为你们不会作文。"他们道："不会作文所以要学作文呀。"孙小姐给他们嚷得没法，只好请刘主任来解释，才算了局。今天是作文的日子，孙小姐进课堂就瞧见黑板上写着："Beat down Miss S. Miss

① "和"定本为"兼"。
② "傍"定本为"旁"。
③ "，他们"定本为"而他们偏"。

S. is Japanees enemy!"① 学生都含笑期待着。孙小姐叫他们造句，他们全说没带纸，只肯口头练习。她叫一个学生把三个人称多少数各做一句，那学生一口气背书似的说："I am your husband. You are my wife. He is also your husband. We are your many husband. ——"② 全课堂笑得前仰后合，孙小姐奋然出课堂。这事不知怎样结束呢。子潇还声明道："这学生是中国文学系的。我对我们历史系的学生私人训话过一次，劝他们在孙小姐班上不要胡闹，招起人家对韩先生的误会，以为他要太太教这一组，鼓动本系学生撵③走孙小姐。"

鸿渐道："我什么都不知道呀。孙小姐跟我好久没见面了。竟有这样的事！"

子潇又尖刻地瞧鸿渐一眼道："我以为你们俩④是常见面的。"

鸿渐正说："谁告诉你的？"孙小姐来了。子潇忙起来让坐，出门时歪着头对鸿渐点一点，表示他揭破了鸿渐的谎话。鸿渐没工夫理会，忙问孙小姐近来好不好。孙小姐忽然别转脸，手帕按嘴，肩膀耸动，唏嘘哭起来。鸿渐急跑去叫辛楣，两人进来，孙小姐倒不哭了。辛楣把这事问明白，好言抚慰了半天，鸿渐和着他。辛楣发狠道："这种学生非严办不可，我今天晚上就跟校长去说——你报告刘先生没有？"

鸿渐道："这倒不是惩戒学生的问题。孙小姐这一班决不

---

① 定本补加脚注"打倒 S. 小姐！S. 小姐是日寇！"。
② 定本补加脚注"我是你的丈夫。你是我的妻子。他也是你的丈夫。我们是你的很多的丈夫"。
③ "撵"初版为"赶"。
④ 初版删去"俩"。

能教了。你该请校长找人代她的课，并且声明这事是学校对不住孙小姐。"

孙小姐道："我死也不肯教他们了。我真想回家！"声音又哽咽着。

辛楣忙说这是小事，又请她同去吃晚饭。她还在踌躇，校长室派人送帖子给辛楣。高松年今天替部里派来视察的参事接风，各主任都得奉陪，请辛楣这时候就去招待。辛楣说："讨厌！咱们①今天的晚饭吃不成了，"跟着校役去了。鸿渐请孙小姐去吃晚饭，可是并不热心。她说改天罢，要回宿舍去。鸿渐瞧她脸黄眼肿，挂着哭的幌子，问她要不要洗个脸，不等她回答，检②块没用过的新毛巾出来，拔了热水瓶的塞头。她洗脸时，鸿渐望着窗外，想辛楣知道，又要误解的。他以为给她洗脸的时候很充分了，才回过头来，发现她打开手提袋，在照小镜子，擦粉涂唇膏呢。鸿渐一惊，想不到孙小姐随身配备这样完全，平常以为她不修饰的脸原来也是件艺术作品。

孙小姐面部修理完毕，衬了颊上嘴上的颜色，哭得微红的上眼皮也像涂了胭脂的，替孙小姐③天真的脸上意想不到地添些妖邪之气。鸿渐送她出去，经过陆子潇的房，房门半开，子潇坐在椅子里吸烟，瞧见鸿渐俩，忙站起来点头，又坐下去，宛如有弹簧收放着。走不到几步，听见背后有人叫，回头看是李梅亭，满脸得意之色，告诉他们俩高松年刚请他代理训导长，明天正式发表，这时候要到联谊室去招待部视学呢。梅亭

---

① 初版删去"们"。
② "检"定本为"拣"。
③ "孙小姐"初版为"她"。

仗着黑眼镜，对孙小姐像显微镜下看微生物①似的细看，笑说："孙小姐愈来愈漂亮了！为什么不来看我，只去看小方？你们俩什么时候订婚——"鸿渐"嘘"了②他一声，他笑着跑了。

鸿渐刚回房，陆子潇就进来，说："咦，我以为你跟孙小姐同吃晚饭去了。怎么没有去？"

鸿渐道："我请不起，不比你们大教授。等你来请呢。"

子潇道："我请就请，有什么关系。就怕人家未必赏脸呀。"

"谁？孙小姐？我看你关心她得很，是不是看中了她？哈哈，我来介绍。"

"胡闹胡闹！我要结婚呢，早结婚了。唉，'曾经沧海难为水'！"

鸿渐笑道："谁教你眼光那样高的。孙小姐很好，我跟她一路来，可以担保得了她的脾气——"

"我要结婚呢，早结婚了，"仿佛开留声机时，针在唱片上碰到障碍，三番四复地说一句话。

"认识认识无所谓呀。"

子潇猜疑地细看鸿渐道："你不是跟她很好么？夺人之爱，我可不来。人弃我取，我更不来。"

"岂有此理！你这人存心太卑鄙。"

子潇忙说他说着顽③儿的，过两天一定请客。子潇去了，鸿渐想着好笑。孙小姐知道有人爱慕，准会高兴，这消息可以减少她的伤心。不过陆子潇配不过她，她不会看中他的。她干

---

① "像显微镜下看微生物"初版为"像望远镜侦察"。
② 初版删去"了"。
③ "顽"定本为"玩"。

脆嫁了人好，做事找气受，太犯不着。这些学生真没法对付，缠得你头痛，他们黑板上写的口号，文理倒很通顺，孙小姐该引以自慰，等她气平了跟①她取笑。

 解读

孙小姐初上讲堂，即遭遇学生的恶作剧（其实背后有人操纵）。陆子潇表面上关心孙小姐，到方鸿渐处告知孙小姐课堂遭难的消息，实际上是借此之机窥伺——或者说火力侦察——方孙两人之间到底有无真情，以决定自己的战略方针。他说什么"夺人之爱，我可不来。人弃我取，我更不来"是彻头彻尾的假话，其实，这两样他都干得出来。方鸿渐说他"你这人存心太卑鄙"点到了实质——在这个问题上，方鸿渐总算没有犯幼稚病。孙小姐遭遇恶作剧，令人同情；但她对自己容颜精心打扮，甚至随身带着各种用具材料，而且打扮得叫人以为她并不修饰，所谓"清水出芙蓉，天然去雕饰"，这才见出她打扮——其实也就是"作伪"——技术的高超。不要以为此处仅是写她的善于打扮，其实这是在昭示孙小姐的思想行为方式。遗憾的是，方鸿渐尚未发现这一点，仍将孙小姐看成一般朋友，未将她作为一个正在猎取自己的猎手。这又是他的幼稚了。

---

① "跟"定本为"向"。

名家解读中外文学名著书系

国民政府推行"导师制"

辛楣吃晚饭回来，酒气醺醺，问鸿渐道："你在英国，到过牛津剑桥没有？他们的导师制（Tutorial system）① 是怎么一回事？"鸿渐说旅行到牛津去过一天，导师制详细内容不知道，问辛楣为什么要打听。辛楣道："今天那位贵客视学先生是位导师制专家，去年奉部命到英国去研究导师制的，在牛津和剑桥都住过。"

鸿渐笑道："导师制有什么专家！牛津或剑桥的任何学生，不知道得更清楚么？这些办教育的人专会挂幌子虎②人。照这样下去，还要有研究留学、研究做校长的专家呢。"

辛楣道："这话我不敢同意。我想教育制度是值得研究的，好比做官的人未必都知道政府组织的利弊。"

"好，我不跟你辩，谁不知道你是讲政治学的？我问你，这位专家怎么说呢？他这次来是不是跟③明天的会有关？"

"导师制是教育部的新方针，通知各大学实施，好像反响不甚好④。咱们这儿高校长是最热心奉行的人——我忘掉告诉你，李瞎子做了训导长了，咦，你知道了——这位部视学顺便来指导的，明天开会他要出席，可是他今天讲的话，不甚高

---

① "导师制"定本移作脚注并删去括号。
② "虎"定本为"唬"。
③ "跟"定本为"和"。
④ "反响不甚好"定本为"反应不太好"。

明。据他说，牛津剑桥的导师制缺点很多，离开师生共同生活的理想很远，所以我们行的是经他改良、经部核准的计划。在牛津剑桥，每个学生有两个导师：一位学业导师，一位道德导师（Moral tutor）①。他认为这不合教育原理，做先生的应当是'经师人师'，品学兼备，所以每人指定一个导师，就是本系的先生；这样，学问和道德可以融贯一气了。英国的道德导师是有名无实的；学生在街上闯祸给警察带走，他到警察局去保释，学生欠了店家的钱，还不出，他替他保证②。我们这种导师责任大得多了，随时随地要调查、矫正、向当局报告③学生的思想。这些都是官样文章，不用说它，他还有得意之笔。英国导师一壁抽烟斗，一壁跟学生谈话的。这最违背'新生活运动'，所以咱们当学生的面，绝对不许抽烟，最好压根儿戒烟。可是他自己并没有戒烟，菜馆里供给的烟，他一枝一枝④抽个不亦乐乎，临走还袋了一匣火柴。英国先生只跟学生同吃晚饭，并且分桌吃的，先生坐在台上吃，师生间隔膜得很。这也得改良，咱们以后一天三餐都跟学生同桌吃——"

"干脆跟学生同床睡觉得了！"

辛楣笑道："我当时险的说出口。你还没听见李瞎子的议论呢。他恭维了那位视学一顿，然后说什么中西文明国家都严于男女之防，师生恋爱是有伤师道尊严的，万万要不得，为防患未然起见，未结婚的先生不得做女学生的导师。真气得死人，他们都对我笑——这几个院长和系主任里，只有我没结婚。"

---

① 定本删去外文。
② "保证"定本为"担保"。
③ "报告"定本为"汇报"。
④ "一枝一枝"定本为"一支一支"。

"哈哈，妙不可言！不过，假使不结婚的男先生训导女生有师生恋爱的危险，结婚的男先生训导女生更有犯重婚罪的可能，他①没想到。"

"我当时质问他，结了婚而太太没带来的人做得做不得女学生的导师，他支吾其词，请我不要误会。这瞎子真混蛋，有一天我把同路来什么苏州寡妇、王美玉的笑话替他宣传出去。吓，还有，他说男女同事来往也不宜太密，这对学生的印象不好——"

鸿渐跳起来道："这明明指我跟②孙小姐说的，方才瞎子看见我跟③她在一起。"

辛楣道："这倒不一定指你，我看当时高松年的脸色变了一变，这里面总有文章。不过我劝你快求婚、订婚、结婚。这样，李瞎子不能说闲话，而且——"说时扬着手，嘻开嘴——"你要犯重婚罪也有机会了。"

鸿渐不许他胡说，问他跟④高松年讲过学生侮辱孙小姐的事没有。辛楣说，高松年早知道了，准备开除那学生。鸿渐又告诉他陆子潇对孙小姐有意，辛楣说他做"叔叔"的只赏识鸿渐。说笑了一回，辛楣临走道："唉，我忘掉了最精彩的东西。部里颁布的'导师规程草略'里有一条说，学生毕业后在社会上如有犯罪行为，导师连带负责！"

鸿渐惊骇得呆了。辛楣道："你想，导师制变成这么一个东西。从前明成祖诛方孝孺十族，听说方孝孺的先生都牵连杀

---

① "到"初版为"倒"。
② "跟"定本为"和"。
③ "跟"定本为"和"。
④ "跟"定本为"向"。

掉的。将来还有人敢教书么？明天开会，我一定反对。"

"好家伙！我在德国听见的纳粹党教育制度也没有这样利害。这算牛津剑桥的导师制么？"

"哼，高松年还要我写篇英文投到外国杂志去发表，让西洋人知道咱们也有牛津剑桥的学风。不知怎么，外国一切好东西到中国没有不走样的。"辛楣叹口气，不知道这正是中国的利害①，天下没②敌手③，外国东西来一件，毁一件。

解读

　　这里揭示了国民党政府搞的教育改革的反动性。他们借用采取英国式的导师制的名义，加强对学生（其实包括老师）的控制，所谓学生犯罪"导师连带负责"就是如此。作品借方鸿渐之口指出这种控制手段要比德国法西斯还要厉害。李梅亭则拥护这种制度，还提出男女之大防的问题，提出未婚的先生不得做女学生的导师，好像将女生都留给他这个已婚但未带家眷的先生来指导才好。真是满嘴仁义道德，一肚子男盗女娼。

---

① "不知道这正是中国的利害"定本为"想中国真利害"。
② "没"定本为"无"。
③ 初版补加"鸿渐说：'你从前常对我称赞你这位高老师头脑很好，我这次来了，看他所作所为，并不高明。'辛楣说：'也许那时候我年纪轻，阅历浅，没看清人。不过我想这几年来高松年地位高了，一个人地位高会变得糊涂的。'他不知道一个人的缺点，正像猴子的尾巴，蹲在地下的时候，尾巴是看不见的，直到他向树上爬，就把后部给大家看了，可是这红臀长尾巴本来就有，并非地位爬高了的新标识。""他不知道"定本为"事实上"，"给大家看了"定本为"供大众瞻仰"。

不动声色的战争

　　跟孙小姐扰①乱的那个中国文学系学生是这样处置的。外文系主任刘东方主张开除，国文系主任汪处厚反对。赵辛楣因为孙小姐是自己的私人，肯出力而不肯出面，只暗底下赞助刘东方的主张。训导长李梅亭出来解围，说这学生的无礼，是因为没受到导师熏陶，愚昧未开，不知者不罪，可以原谅，记过一次了事。他叫这学生到自己卧房里密切训导了半天，告诉他怎样人人要开除他，汪处厚毫无办法，全亏自己保全，那学生红着眼圈感谢。孙小姐的课没人代，刘东方怕韩太太乘虚而入，亲自代课，所恨国立大学不比私立大学，薪水是固定的，不因钟点添多而加薪。代了一星期课，刘东方厌倦起来，想自己好傻，这气力时间费得冤枉，博不到一句好话。假使学校真找不到代课的人，这一次显得自己做系主任的②为了学生学业，不辞繁剧，亲任劳怨。现在就放着一位韩太太，自己偏来代课，一屁股要两张坐位，人家全明白是门户之见，忙煞也没处表功。同事里赵辛楣的英文是有名的，并且只上六点钟的功课，跟他协商请他代孙小姐的课，不知道他答应不答应。孙小姐不是他面上的人么？她教书这样不行，保荐她的人不该负责任吗？当然，赵辛楣的英文好像比自己都好——刘东方不得不

---

① "扰"初版为"捣"。
② 定本补加"人"。

承认——不过，丁组的学生程度糟得还不够辨别好坏，何况都是傍①系的学生，自己在本系的威信不致动摇。刘东方主意已定，先向高松年提议，高松年就请赵辛楣来会商。辛楣为孙小姐的关系，不好斩钉截铁地拒绝，灵机一动，推荐方鸿渐。松年说："咦②，这倒不失为好办法，方先生钟点本来太少，不知道他的英文怎样？"辛楣满嘴说："很好，"心里想鸿渐教这种学生总绰有余裕的。鸿渐自觉③在学校的地位不稳固，又经辛楣细陈利害，刘东方的④劝驾，居然大胆老脸、低头小心教起英文来。这事一发表，韩学愈来见高松年，声明他太太绝不想在这儿教英文，表示他对刘东方毫无怨恨，他⑤愿意请刘小姐当历史系的助教。高松年喜欢道："同事们应当和衷共济，下学年一定聘你夫人帮忙。"韩学愈高傲地说："下学年我留不留，还成问题呢。协合⑥大学来了五六次信要我跟⑦我内人去。"高松年忙劝他不要走，他夫人的事下学年总有办法。鸿渐到外文系办公室接洽功课，碰见孙小姐，低声开顽笑说⑧："这全是你害我的——要不要我代你报仇？"孙小姐笑而不答。陆子潇也没再提起请⑨饭。

---

① "傍"定本为"旁"。
② "咦"初版为"嗯"。
③ "觉"定本为"知"。
④ 初版补加"恳切"。
⑤ 初版删去"他"。
⑥ "协合"初版为"统一"。
⑦ "跟"定本为"和"。
⑧ "顽笑说"初版为"玩笑道"，定本为"玩笑道"。
⑨ 初版补加"吃"。

解读

  围绕着如何处置跟孙小姐捣乱的学生及由谁来代孙小姐的课，三闾大学的伪文化人们也进行了一场不动声色的"战争"——钩心斗角。

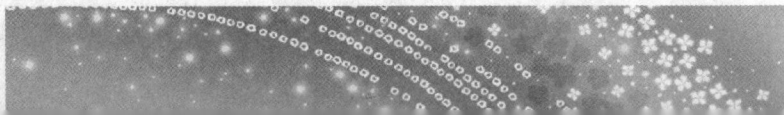

是是非非"导师制"

在导师制讨论会上，部视学先讲了十分钟冠冕堂皇的话，平均每分钟一句半"兄弟在英国的时候"。他讲完看一看手表，就退席了。听众喉咙里忍住的大小咳嗽全放出来，此作彼继，Ehem，Ké Ké Ké。① 在中国②集会上，静默三分钟后和主席报告后，照例有这么一阵咳嗽。③ 咳几声例嗽之外，大家④还换了较舒适的坐态。高松年继续演说，少不得又把细胞和有机体的关系作第 N 次的阐明，希望大家为团体生活牺牲一己的方便。跟着李梅亭把部颁大纲和自己拟的细则宣读付讨论。一切会议上对于提案的赞成和反对极少是就事论事的。有人反对这提议是跟提议的人闹意见。有人赞成这提议是跟反对这提议的人过不去。有人因为反对或赞成的人跟自己有关系⑤，所以随声附和。今天的讨论可与平常不同，甚至刘东方也不因韩学愈反对而赞成。⑥ 导师跟⑦学生同餐的那条规则，大家一致抗议，带家眷的人闹得更利害。没带家眷的物理系主任说，除非学校不算导师的饭费，那还可以考虑。家里饭菜有名的汪处厚说，就是

---

① 定本删去外文。
② "中国"定本为"一般"。
③ 定本补加"大家"。
④ 定本删去"大家"。
⑤ "关系"定本为"交情"。
⑥ 定本补加"对"。
⑦ 定本删去"跟"。

学校替导师出饭钱，导师家里照样要开饭，少一个人吃，并不省柴米。韩学愈说他有胃病的，只能吃面食，跟学生同吃米饭，学校是不是担保他生命的安全。李梅亭一口咬定这是部颁的规矩，至多星期六晚饭和星期日三餐可以除外。算①学系主任问他怎样把导师向各桌分配，才算难到②了他。有导师资格的教授副教授讲师四十余人，而一百三十余男学生开不到二十桌。假使每桌一位导师、六个学生，③ 导师不能独当一面，这一点尊严都不能维持，渐渐地会招学生轻视的。假使每桌两位导师、四个学生，那末④现在八个人一桌的菜听说已经吃不够，人数减少而桌数增多，菜的量质⑤一定更糟，是不是学校准备贴钱⑥。大家有了数字的援助，更理直气壮了，急得李梅亭说不出话，黑眼镜取⑦下来，戴上去，又取⑧下来，⑨ 眼睁睁望着高松年。赵辛楣这时候大发议论，认为学生吃饭也应当自由，导师制这东西应当联合傍⑩的大学⑪抗议。

　　最后把原定的草案，修改了许多。议决每位导师每星期至

---

① "算"定本为"数"。
② "才算难到"定本为"这才难倒"。
③ 初版补加"要有二十位导师不能跟学生同吃饭。假使每桌一位导师、七个学生，"。
④ "末"定本为"么"。
⑤ "量质"初版为"质量"。
⑥ "贴钱"定本为"多贴些钱"。
⑦ "取"定本为"摘"。
⑧ "取"定本为"摘"。
⑨ 定本补加"白"。
⑩ "傍"定本为"旁"。
⑪ 初版补加"向部"，定本为"向教育部"。

少跟①学生吃饭两顿，由训导处安排日期②。因为部视学说，在牛津和剑桥，饭前饭后有教师用拉丁文祝福，高松年认为可以模仿。不过，中国不像英国，没有基督教的上帝来听下界通诉，饭前饭后没话可说。李梅亭搜索枯肠，只想出来"一粥一饭，要思来处不易"二句，大家哗然失笑。儿女成群的经济系主任自言自语道："干脆大家像我儿子一样，念：'吃饭前，不要跑；吃饭后，不要跳——'"高松年直对他眨白眼，一壁严肃地说："我觉得在坐下吃饭以前，由训导长领导学生静默一分钟，想想国家抗战时期民生问题的艰难，我们吃饱了肚子应当怎样报效国家社会，这也是很有意思的举动。"经济系主任忙说："我愿意把主席的话作为我的提议。"李梅亭附议，高松年付表决，全体通过。李梅亭心思周密，料到许多先生跟学生吃③了半碗饭，就放下筷溜出饭堂，回去舒舒服服的④吃。所以⑤定下饭堂规矩：导师的饭该由同桌学生先盛，学生该等候导师吃完，共同退出饭堂，不得先走。看上来全是尊师。外加⑥吃饭时不准⑦讲话，只许吃哑饭，真是有苦说不出。李梅亭一做训导长，立刻戒香烟，见同事们抽烟如故⑧，不足表率学生，想出来进一步的师生共同生活。他知道抽烟最利害的地方

---

① "跟"定本为"和"。
② 定本补加"，校长因公事应酬繁忙，而且不任导师，所以无此义务，但保有随时参加吃饭的权利"。
③ "跟学生吃"定本为"陪学生挨"
④ "的"定本为"地"
⑤ "所以"定本为"他"
⑥ 定本补加"结合了孔老夫子的古训'食不语'，"。
⑦ "不准"定本为"不得"
⑧ "抽烟如故"定本为"照旧抽烟"。

是厕所，便藉①口学生人多而厕所小，住校教职员人少而厕所大，以后师生可以通用厕所。他以为这样一来，彼此顾忌面子，不好随便吸烟了。结果先生不用学生厕所，而学生拥挤到先生厕所来，并且大胆吸烟解秽，因为他们知道这是比紫禁城更严密的所在，洋人所谓皇帝陛下都玉趾亲临，派不得代表的（Oú les rois ne peuvent aller qu'en personne）。② 在这儿各守本位，没有人肯管闲事，③ 能摆导师的④架子。照例导师跟所导学生每星期谈一次话，有几位先生就借此请喝茶吃饭，像汪处厚韩学愈等等。

解读

　　围绕着"导师制"的讨论，群丑嘴脸毕现。唯赵辛楣是位清醒者。请注意定本所补加关于高松年不任导师的几句话，进一步活画出他的丑恶嘴脸。诚然，在此处显得最为卑鄙者还是李梅亭，既昭示出他的灵魂恶浊、诡计多端，又展示出他一旦当上训导长便得意忘形、以统治者自居的心态。结尾处关于厕所的议论，实质上是对人的自由、自主、自尊的呼唤。而在一个偌大的三闾大学——不，应说在偌大的中国社会——人们只有在厕所里才能得到稍微的喘息，这就构成了对整个中国社会的批判与挞伐。最后一句话事实上是对这种导师制宣判了死刑——它已经完全走样了。

---

① "藉"定本为"借"。
② 定本删去"洋人所谓……personne)。"。
③ ","定本为"或"。
④ 定本删去"的"。

鸿渐大胜韩学愈

　　赵辛楣实在看不入眼，对鸿渐说这次来是上当，下学年一定不干。[1][2]鸿渐添了钟点以后，兴致恢复了好些。他发现他所教丁组英文班上，有三个甲组学生来旁听，常常殷勤发问。

---

[1]　初版补加"鸿渐说：'你没来的时候，跟我讲什么教书是政治活动的开始，教学生是训练干部。现在怎么又灰心了？'辛楣否认他讲过那些话，经鸿渐力争以后，他说：'也许我说过的，可是我要训练的是人，不是训练些机器。并且此一时，彼一时。那时候我没有教育经验，所以说那些话；现在我知道中国战时高等教育是怎末（"末"定本为"么"）一回事，我学了乖，当然见风转舵，这是我的进步。话是空的，人是活的；不是人照着话做，是话跟着人变。假如说了一句话，就至死不变的照做，世界上没有解约、反悔、道歉（定本补加"离婚"）这许多事了。'鸿渐道：'怪不得贵老师高先生打电报聘我做教授，来了只给我个副教授。'辛楣道：'可是你别忘了，他当初只答应你三个钟点，现在加到你六个钟点。有时候一个人，并不想说谎话，说话以后，环境转变，使（定本删去"使"）他也不得不改变原来的意向。办行政的人尤其难守信用，你只要看每天报上各国政府发言人的谈话就知道。譬如我跟某人同意一件事，甚而至于跟他订个契约，不管这契约上写的是十年二十年，我订约的动机总根据著（"著"定本为"着"）我目前的希望、认识以及需要。不过，"目前"是最靠不住的，假使这"目前"已经落在背后了，条约上写明"直到世界末日"都没有用，我们随时可以反悔。第一次欧战，那位德国首相叫什么名字？他说"条约是废纸"，你总知道的。我有一个印象，我们在社会上一切说话全像戏院子的入场券，一边印著（"著"定本为"着"）"过期作废"，可是那一边并不注明什么日期，随我们的便可以提早或延迟。'鸿渐道：'可怕，可怕！你像个正人君子，很够朋友，想不到你这样的不道德。以后我对你的话要小心了。'辛楣听了这反面的赞美，头打着圈子道：'这就叫学问哪！我学政治，毕业考头等的。吓，他们政客玩的戏法，我全懂全会，我现在不干罢了。'说时的表情仿佛马基亚伟（"亚伟"定本为"雅弗"）利（Machiavelli）（定本删去外文）的魂附在他身上。鸿渐笑道：'你别吹。你的政治，我看不过是理论罢。真叫你抹杀良心去干，你才不肯呢。你像外国人所说的狗，叫得凶恶，咬起人来并不利害。'辛楣向他张口露出两排整齐有力的牙齿，脸作凶恶之相。鸿渐忙把支香烟塞在他嘴里。"[2]初版另起一行。

鸿渐得意非凡，告诉辛楣。苦事是改造句卷子，好比洗脏衣服，一批洗干净了，下一批来还是那样脏。大多数学生看一看①批的分数，就把卷子扔了，自己②白改得头痛。那些学生虽然外国文不好，卷子上写的外国名字很神气。有的叫亚历山大，有的叫伊利沙白，有的叫迭克，有的叫"小花朵"（Florrie），有个人叫"火腿"（Bacon），因为他中国名字叫"培根"。一个姓黄名伯仑的学生，外国名字是诗人"摆伦③"（Byron）。辛楣见了笑道："假使他姓张，他准叫英国首相张伯伦（Chamberlain）④；假使他姓齐，他会变成德国飞机齐伯林（Zcppelin）⑤；甚至他可以叫拿破仑，只要中国有跟'拿'字声音相近的姓。"鸿渐说，中国人取外国名字，使他常想起英国的猪和牛，它的肉一上菜单就换了法国名称。⑥

　　阳历年假早过了，离大考还有一星期。一个晚上，辛楣跟鸿渐商量寒假同去桂林顽⑦儿，谈到夜深。鸿渐看表，已经一点多钟，赶快准备睡觉。他先出宿舍到厕所去，宿舍楼上楼下都睡得静悄悄的，脚步就像践踏在这些睡人的梦上，钉铁跟的皮鞋太重，会踏碎几个脆薄的梦。门外地上全是霜。竹叶所剩无几，而冷风偶然一阵，依旧为了吹几片小叶子使那么大的傻劲。虽然没有月亮，几株梧桐树的秃枝骨鲠地清晰。只有厕所前面挂的一盏植物油灯，光色昏浊，是清爽的冬夜上一点垢

---

① "看一看"定本为"瞧一下"。
② "自己"定本为"老师"。
③ "摆伦"定本为"拜伦"。
④ 定本删去外文。
⑤ 定本删去外文。
⑥ 定本删去"鸿渐说……法国名称。"
⑦ "顽"定本为"玩"。

腻。厕所的气息也像怕冷，缩在屋子里不出来，不比在夏天，老远就放著①哨。鸿渐没进门，听见里面讲话。一人道："你怎么一回事？一晚上泻了好几次！"另一人呻吟说："今天在韩家吃坏了——"鸿渐辨声音，是一个旁听自己英文课的学生。原来问的人道："韩学愈怎么老是请你们吃饭？是不是为了方鸿渐——"那害肚子的人报以一声"嘘！"鸿渐吓得心直跳，可是收不住脚，那两个学生也鸦雀无声。鸿渐倒做贼心虚似的，脚步都鬼鬼祟祟。回到卧室，猜疑种种，韩学愈一定在暗算自己，就不知道他怎样暗算，明天非公开拆破他的西洋镜不可。下了这个英雄的决心，鸿渐才睡著②。早晨他还没醒，校役送封信来，拆看是孙小姐的，说风闻他上英文③，当著④学生驳刘东方讲书的错误，刘东方已有所知，请他留意。鸿渐失声叫怪，这是哪里来的话，怎么不明不白，又⑤添了个冤家。忽然想起那三个旁听的学生全是历史系而上刘东方甲组英文的，无疑是他们发的问题里藏著⑥陷阱，自己中了计。归根到底，总是韩学愈那混蛋捣的鬼，一向还以为他要结交自己，替他守秘密呢！鸿渐愈想愈恨，盘算了半天，怎样先跟刘东方解释。

鸿渐到外国语文系办公室，孙小姐在看书，见了他，满眼晴的说话⑦。鸿渐嗓子里一小处干燥，两手微颤，跟刘东方略事寒暄，就鼓足勇气说："有一位同事在外面说——我也是人

---

① "著"初版为"着"。
② "著"初版为"着"。
③ 定本补加"课"。
④ "著"定本为"着"。
⑤ 初版删去"又"。
⑥ "著"初版为"着"。
⑦ "的说话"初版为"的话"，定本为"都是话"。

家传给我听的——刘先生很不满意我教的英文，在甲组上课的时候，常对学生指摘我讲书的错误——"

"什么？"刘东方跳起来，"谁说的？"孙小姐脸上的表情更是包罗万象，假装看书也忘掉了。

"——我本来英文是不行的，这次教英文一半也因为刘先生的命令，讲错当然免不了，只希望刘先生当面教正。不过，这位同事听说跟刘先生有点意见，传来的话我也不甚相信。他还说，我班上那三个傍①听的学生也是刘先生派来侦探的。"

"啊？什么三个学生——孙小姐，你到图书室去替我借一本——呃——呃——商务出版的《大学英文选》来，还到庶务科去领——领一百张稿纸来。"

孙小姐快快去了。刘东方听鸿渐报了三个学生的名字，说："鸿渐兄，你只要想这三个学生都是历史系的，我怎么差唤得动。那位散布谣言的同事是不是历史系的负责人？你把事实聚拢来就明白了。"

鸿渐冒险成功，手不颤了，做出大梦初醒的样子道："韩学愈，他——"就把韩学愈买文②的事麻口袋倒米似的全说出来。

刘东方又惊又喜，一连声说"哦！"听完了说："我老实告诉你罢，舍妹在历史系办公室，常听见历史系学生对韩学愈说你上课③骂我呢。"

鸿渐罚④誓说没有，刘东方道："你想我会相信么？他捣这

① "傍"定本为"旁"。
② 初版补加"凭"。
③ "上课"定本为"在课堂上"。
④ "罚"定本为"发"。

《围城》全新解读

个鬼，目的不但是撵走你，还要叫他太太来顶你的缺。他想他已经用了我妹妹，到那时没有人代课，我好意思不请教他太太么？我用人是①大公无私的，舍妹也不是他私人用的，就是她丢了饭碗，我决计尽我的力来维持老哥的地位。喂，我给你看件东西，昨天校长室发下来的。"

他打开抽屉，检②出一叠纸给鸿渐看。是英文丁组学生的公呈，写"呈为另换良师以重学业事"，从头到底说鸿渐没资格教英文，把他改卷子的笔误和忽略罗列在上面，证明他英文不通。鸿渐看得面红耳赤。刘东方道："不用理它。丁组学生的程度还干不来这东西。这准是那三个旁听生的主意，保不定有韩学愈的手笔。校长批下来叫我查复，我一定替你辩白。"鸿渐感谢不已，临走，刘东方问他把韩学愈的秘密告诉傍③人没有，叮嘱他别讲出去。鸿渐出门，碰见孙小姐回来。④ 称赞他跟刘东方谈话的先声夺人，他听了欢喜，但一想她也许看见那张呈文，又羞⑤了半天。那张呈文牢牢地贴在他意识里，像张粘苍蝇的胶纸。

刘东方果然有本领，鸿渐明天上课，那三个傍⑥听生不来了。直到大考，太平无事。刘东方教鸿渐对坏卷子分数批得宽，对好卷子分数批得紧，因为不及格的人多了，引起学生的恶感，而好分数的人太多了，也会减低先生的威望。总而言之，批分数该雪中送炭，万万不能锦——用刘东方的话说：

① "是"初版为"最"。
② "检"定本为"拣"。
③ "傍"定本为"旁"。
④ 定本补加"她"。
⑤ "羞"初版为"羞惭"。
⑥ "傍"定本为"旁"。

"一分钱也买不了东西，别说一分分数！"——切不可锦上添花，让学生把分数看得太贱，功课看得太容易——用刘东方的话说："给教化子①至少要一块钱，一块钱②就是一百分；可是给学生一百分，那不可以。"考完那一天，汪处厚碰到鸿渐，说汪太太想见他和辛楣，问他们俩寒假里哪一天有空，要请吃饭。他听说他们俩寒假上桂林，摸著③胡子笑道："去干么④呀？内人打算替你们两位做媒呢。"

解读

赵辛楣来三闾大学时间不长，既已萌生去意。欲离开此地的原因在前面的描写中已作了充分的铺垫。但作者在出单行本时，又增写了一大段，让赵辛楣在与方鸿渐的对话中，尽情评说人生与社会。这样，不独三闾大学中所发生的种种被赋予了普遍性品格，整部作品的哲理内涵也得到了加浓、加烈。方鸿渐在所教丁组英文班上，被韩学愈所暗算。这一次他主动出击，先声夺人，精心设计，澄清了刘东方对他的误会，将韩学愈的丑底揭出，迫使韩撤出三个"暗探"（韩学愈派来专与方捣乱的学生），打了一个漂亮仗。在方鸿渐"进城""出城"的连续过程中，还很少取得如此辉煌的战果。然而，其间孙小姐递送情报之功，尤不可没——这也是她将来进一步猎取方鸿渐的资本。作者对中国学生起的外国名字也尽情戏谑：学界的腐朽浮滑之风，已波及到年轻一代。

《围城》以第三部分最为重要，而第六章正是这第三部分之首章。在这一章中，既交代了方鸿渐所进入的这一新的"围城"的环境，同时

① "教化子"定本为"穷人"。
② 初版删去"一块钱"，定本为"那"。
③ "著"初版为"着"。
④ "么"定本为"吗"。

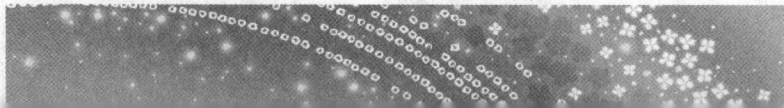

"围城"中的矛盾也得到了基本展开，且有时相当激烈。这既为矛盾的进一步激化作了铺排，也为他的最后"出城"埋下了伏笔。就人物性格而言，早已出场的人物如方鸿渐、赵辛楣、孙小姐等都得到了补充与发展，性格更显丰满（特别是方鸿渐尚不失本真之气这面），而新出场的人物如高松年、韩学愈等也都嘴脸鲜明、本质毕现。中国文化人的形形色色，在钱钟书这位"文化昆仑"的审视之下，均无所遁其形。若是我们将本章称为《围城》之眼，似乎亦不为过。